UNE AFFAIRE ITALIENNE

BIBLIOTHÈQUE ITALIENNE
Dirigée par Serge Quadruppani

DU MÊME AUTEUR

CHEZ LE MÊME ÉDITEUR

La Huitième Vibration, 2010

Albergo Italia, 2016

Le Temps des hyènes, 2018

Carlo LUCARELLI

UNE AFFAIRE ITALIENNE

Traduit de l'italien
par Serge Quadruppani

Éditions Métailié
20, rue des Grands Augustins, 75006 Paris
www.editions-metailie.com
2021

Retrouvez-nous sur les réseaux sociaux :

Titre original : *Intrigo italiano. Il ritorno del commissario De Luca*

ISBN : 979-10-226-1101-5
ISSN : 1264-5834

À Tecla, amie,
et parce que moi aussi, comme tant d'autres,
sans elle je n'aurais jamais été ici, ainsi.

Samedi 2 janvier 1954

L'aiguille du compte-tours se cabra en vibrant, rapide, dans l'œil rond du cadran de droite, tandis que De Luca encastrait son dos entre siège et portière. L'Aurelia avait fait un bond en avant mais s'était arrêtée aussitôt, avec le rugissement du moteur qui s'éteignait dans un grognement contenu.

Giannino jura, le *c* de *cane*, chien, aspiré comme dans une toux, à la toscane, puis il abaissa le levier de vitesse et le tira en arrière, rétrogradant.

– Excusez-moi, ingénieur… c'est ce couillon à moto, là devant, qui me rend dingue.

De Luca lança un coup d'œil au-delà du pare-brise, sur la route sombre éclairée par la lumière jaune des phares. À travers les gouttes de pluie brillantes balayées par l'essuie-glace, il y avait une silhouette recroquevillée sur une motocyclette et un peu plus loin le cube gigantesque du plateau bâché d'un camion. Tout luisait, d'eau et de lune, et chaque fois que Giannino essayait de dépasser, De Luca se retrouvait presque sur le bord opposé de la chaussée, étroite et assez tortueuse.

– Et il a même un Saturno 500 sous les fesses, Seigneur Dieu, fonce un peu alors ! – Giannino regarda De Luca. – Faites-moi plaisir, ingénieur, si vous devez rester comme ça collé à la portière, mettez la ceinture.

De Luca obéit et, tant qu'il y était, il referma sur son cou le col du pardessus, y encaissant son menton. Il essaya d'accéder à la commande du chauffage sur le tableau de bord mais la ceinture lui avait déjà bloqué la taille contre le siège et il y renonça. Il recommença à se laisser aller dans son coin.

Giannino aussi tendit un bras, mais pas vers le chauffage. Il appuya sur le bouton de l'autoradio et réappuya aussitôt que le grincement rythmé envahit l'habitacle, fastidieux et distordu. Il l'avait déjà fait auparavant, en essayant de régler l'appareil sur une voix déchirée par les parasites – *Teddy Reno*, avait murmuré Giannino – et puis, avec un autre bouton, sur un silence de plomb, traversé par un sifflement lointain. Mais il était nerveux, et il ne parvenait pas à garder le silence.

– *C'est ma faute*, chantonna-t-il, *c'est ma faute si je t'ai aimée à la folie...* D'ici un petit mois, il y a Sanremo, ingénieur, je sais bien que vous vous en fichez éperdument, mais moi j'en suis fou. *Ne me baratine pas, le roman est fini...* Oh, Madone, cet imbécile, là !

Il fit une nouvelle tentative. Agrippa le levier sur le côté du volant, passa une vitesse et appuya sur l'accélérateur parce que le motocycliste s'était déplacé sur la droite, lui laissant la voie libre. Il fut sur le point de passer devant le camion qui lui bouchait une grande partie de la vue mais il dut carrément freiner, car la moto avait fait de même, revenant au milieu. Les pneus de l'Aurelia glissèrent sur la neige fondue qui couvrait la nationale mais De Luca ne s'en aperçut même pas, car Giannino était bon conducteur.

– Bon, d'accord, on a aussi la conduite à droite et on voit que dalle, et en plus la route est étroite... mais *quel brise-marrons*, comme ils disent à Bologne. Qu'est-ce qu'on fait quand on arrive, ingénieur ? Le bon flic et le méchant flic, comme dans les films ? Vous, vous choisissez quoi ? Moi, je ferais le méchant...

De Luca ne répondit pas et Giannino continua de parler. C'était toujours comme ça et, depuis des jours qu'ils étaient ensemble, il avait fini par s'y habituer, surtout en voiture. L'autre parlait avec son chantonnement toscan, florentin précisément, et lui il pensait, isolé par cette voix de vingt ans, toujours fraîche et souriante, toujours, même quand il disait le contraire.

Il pensait.

Il pensait à trois choses à la fois, rendues confuses par l'interruption d'il y a une minute, l'une stupide, l'une importante, et une autre qu'il n'avait pas encore comprise.

La stupide. La voix grasse du commandeur D'Umberto, son accent à mi-chemin entre Naples et Rome : "Tu vois, De Luca, pour faire flic, il faut un cœur de chien, mais de races différentes. Il y a des flicards ordinaires qui ont un cœur de chien de garde et il y a ceux de la Criminelle qui en ont un de chien de chasse. Tu es un chien truffier, mon gars. Voilà, pour ceux comme nous, en fait, il faut un chien bâtard."

L'importante : pourquoi ne pas la tuer tout de suite, la femme de Cresca ? L'étrangler, la noyer : qu'il s'agisse d'un boulot de commande ou d'un geste de fureur, pourquoi ne pas l'achever tout de suite ?

Et entre-temps lui était revenue à l'esprit l'autre chose, celle qu'il n'avait pas encore comprise et qui en fait rendait tout confus.

Une sensation, plutôt qu'une pensée.

D'angoisse. Pas seulement : de colère.

Plus : de peur.

Ça troublait son souffle dans sa gorge, comme un enrouement, au point qu'il s'éclaircit la voix, d'instinct. Giannino se tourna vers De Luca.

– Je vous écoute, ingénieur.

– Rien, rien.

Angoisse, colère et peur. Il sentait leur amertume dans sa bouche. Il pensa à Claudia, à ses longues jambes de ramasseuse de riz sur la photographie et alors s'ajouta aussi le désir, mais ça n'avait rien à voir avec cette chose qui vibrait là-dedans, entre cœur et estomac.

Un signal de danger.

Mais il était déjà trop tard, parce que pendant ce temps le motocycliste avait accéléré, dépassant le camion qu'il avait devant lui et il avait disparu dans l'obscurité de la nuit glacée de pluie et de neige fondue, alors Giannino avait dit "oh, enfin !", il avait appuyé sur le champignon et, avec une aspiration rugissante d'essence, l'Aurelia était tout entière sortie sur la gauche, lancée dans le dépassement et De Luca avait hurlé "non !" mais seulement dans sa tête, sans émettre de son.

Trop tard.

De Luca le vit en premier, le tournant qui pliait la route comme un coude, et instinctivement, ses pieds écrasèrent le plancher de l'auto, sa main gauche agrippant la poignée avec une force à faire mal aux doigts, la bouche encore béante.

Giannino s'en aperçut un instant après, freina avec un autre juron toussé entre les dents et tourna le volant pour se rabattre à droite, de nouveau derrière le camion, mais en fait il était trop tard.

Il y avait une voiture qui s'était mise à la queue derrière eux, une 1900 massive comme un fer à repasser qui avait occupé tout l'espace à la seconde où l'Aurelia l'avait libéré, jusqu'à presque tamponner le camion, un mur continu de verre, caoutchouc et tôle, qui les empêchait de se rabattre, lancés comme un projectile vers l'angle du virage.

– Oh mon Dieu ! cria Giannino. Et puis : Maman, non !, parce que justement dans l'angle il y avait le parapet d'un pont, De Luca le vit qui s'approchait très vite en sortant de l'obscurité luisante de la nuit, ils fonçaient droit vers la bande blanche peinte sur les briques, suivis par le sifflement déchirant des freins qui bloquaient inutilement les roues.

Pas un souffle, pas une pensée, pas même le cœur qui battait, De Luca resta glacé un instant, puis le choc le jeta en avant, la ceinture lui pressait hors du ventre tout le souffle qu'il avait, la main sur la poignée lui sembla s'arracher du bras, le cou comme un élastique sur le point de craquer et, au bout, le visage plongé dans un nuage de verre froid.

Aucune douleur.

Puis, un coup sec comme un direct au milieu du front l'écrasa dans une obscurité si noire et profonde qu'il n'y avait plus rien.

Avant

(21-27 décembre 1953)

Oggi

Hebdomadaire sur l'actualité et la culture, IXe année, n° 52, 60 lires.
En couverture: MARIA LUISA, AÎNÉE DE GIOVANNA DE BULGARIE, VA ÉPOUSER UN HOLLANDAIS (voir d'autres photographies en pages intérieures, p. 12-13).
Pages intérieures: DEUX SCORPIONS DANS UNE BOUTEILLE, Le discours "atomique" d'Eisenhower caractérise la dernière phase des rapports entre les deux formidables adversaires, l'URSS et les USA • ILS DÉPOSENT CONTRE LES "ROUGES", Détroit: voilà les précautions qu'on utilise aux États-Unis pour assurer l'immunité des témoins appelés à déposer dans les procès où sont impliqués des communistes • VOICI LES PRÉVISIONS POUR 1954, Astrologues et devins s'accordent à dire que la nouvelle année sera dans l'ensemble bonne pour l'Italie • LES SINGES QUI VOLENT VEULENT LEUR THÉ À CINQ HEURES, Exigences, habitudes et caprices des différents animaux durant les voyages en avion • LE CŒUR VOLAGE DES DURS HIÉRARQUES DU PCI, Presque tous les chefs communistes ont répudié leur femme pour l'amour d'une camarade plus jeune.

Le Ore

Hebdomadaire photographique d'information politique et littéraire, n° 33, Ire année, 60 pages, 60 lires.
En couverture: ENTRE HOLLYWOOD ET LA CASBAH, GINA LOLLOBRIGIDA CHOISIT L'AMOUR (reportage photo en pages intérieures).
Pages intérieures: LA VOIX DE L'AMÉRIQUE, Lors de la récente réunion du Conseil de l'Atlantique Nord,

Foster Dulles a déclaré que les aides américaines à l'Europe cesseraient immédiatement au cas où serait repoussée la ratification de la communauté européenne de défense • LES 12 "OUI" DE 1953, Voici quelques-uns des mariages les plus mémorables de l'année qui s'achève • RASCEL PLUTÔT CORSAIRE, Le comique romain répète une nouvelle revue : cette fois ce n'est pas un cheval mais un chimpanzé qui montera sur scène.
Publicité : CYNAR, contre l'usure de la vie moderne.

Tempo

XVe année, n° 52, 56 pages, 60 lires.
Pages intérieures : ET MAINTENANT, ON ATTEND DU CONCRET DE LA PART DES SOVIÉTIQUES, Après le discours du président Eisenhower, la Russie devra prouver sa volonté de paix • DESTINATION LUNE EN 1962, On apprend enfin la date du grand voyage interplanétaire qu'un groupe de scientifiques est en train de préparer avec l'appui du gouvernement des États-Unis.
Publicité : AMARO CORA, les vertus de l'amaro avec une saveur douce.

La Settimana Incom Illustrata

VIe année, n° 52, 80 pages, 60 lires.
En couverture : LUCIA BOSÈ CHOISIT LES CADEAUX DE NOËL POUR SON PETIT AMI ROBERTINO.
Pages intérieures : IL NE SUFFIT PAS DE S'ALLIER POUR ARRÊTER LES COMMUNISTES, La fluidité de l'actuelle situation parlementaire favorise le gouvernement Pella, mais le dynamique activisme de la gauche impose un programme politico-social décidé au Parti de la majorité • LES COIFFURES À LA MODE POUR 1954, Cheveux courts mais pas trop, pour le jour : coupe à l'italienne, quelques boucles, oreilles couvertes • PERSONNE NE LIT

LES LETTRES ADRESSÉES À L'ENFANT JÉSUS, Depuis plus de cinq siècles, les fidèles du monde entier demandent des grâces à la statue de l'Ara Coeli.
Publicité: le délicieux COCA-COLA premier en qualité depuis un demi-siècle.

Sourires et Chansons

Hebdomadaire de chansons radio et de variété, IIe année, n° 32, 30 lires.
En couverture : DANS L'ORCHESTRE ANGELINI, LATILLA REMPLACÉ PAR BRUNO PALLESI (lire p. 4) et DEUX CHANSONS POUR GINA, Mme Lollobrigida interprète à l'écran *Pain, amour et fantaisie*, film dans lequel elle chante deux belles chansons (voir p. 16).
Pages intérieures: CHANSONS RADIO : TRISTE SOURIRE *(Que jamais, oh gentille dame, vous attriste...)*, JE NE POURRAI PAS T'OUBLIER *(Ne me berce pas de faux espoirs, le roman est fini, tu es déjà lasse d'aimer...)*, C'ÉTAIT DE MA FAUTE (*C'était de ma faute, uniquement ma faute, si je t'ai aimé à la folie...*), NUIT MAUDITE (*Oh... o-o-o-oh, la lumière du soleil, oh... oh... o-o-o-oh, s'éteint dans le ciel, la nuit descend, étend son voile de rêves d'amour, de tristes pensées).*

Lundi 21 décembre 1953

Il allongea le pas, sautant presque, pour éviter le tram qui ferraillait à peine parti de la placette, et passa sous le portique en se glissant entre deux vieilles 1100 garées devant les colonnes. Il y avait un énorme panneau sur toute la façade de l'Arena del Sole, avec, en lettres rouges qui bondissaient au-dessus des passants, SALOMÈ, l'accent final grattant la robe flottante de Rita Hayworth comme s'il voulait la soulever.

De Luca leva les yeux, instinctivement, puis plongea le menton dans le col relevé de son pardessus, parce qu'il est bien vrai que les portiques de Bologne offrent un abri mais, en décembre, il y fait quand même froid.

– S'il doit tomber quelque chose, ça sera de la neige, dit un vieil homme emmitouflé, assis derrière un brasero de marrons grillés, mais il le dit en dialecte, et le bolonais n'était plus familier à De Luca. Il continua tout droit le long de la via Indipendenza jusqu'à ce qu'il aperçoive l'enseigne du café qu'il cherchait, sous un portique arrondi par des colonnes Liberty, et il entra rapidement. Le pistolet dans sa poche ne lui était plus familier non plus et il tressaillit quand il le cogna contre l'embrasure de la porte vitrée en se mettant de côté pendant qu'une dame sortait, hautaine.

C'était plus une pâtisserie qu'un café, et elle était comble. De Luca s'attendait à un bar anonyme dans une ruelle également obscure, mais là, en plein centre, entre manteaux et cols de fourrure, chocolats en paquets-cadeau et paillettes dorées des décorations de Noël, il se sentait perdu. Il regarda autour de lui, sans savoir qui chercher.

– Ingénieur ! Ingénieur Morandi !

Un jeune homme était appuyé au comptoir vitré dans le coin de l'établissement réservé aux consommations. De Luca le remarqua parce qu'il agitait un bras pour l'appeler, car en cet instant il avait oublié que c'était justement lui, l'ingénieur Morandi.

– Giannino, dit le jeune homme. Très honoré.

De Luca lui serra la main. À le voir, il semblait à peine plus qu'un adolescent qui voulait paraître plus grand. Raie dans les cheveux bien peignés et lissés à la brillantine, écharpe de soie jaune à motifs cachemire sous le col d'un imperméable fourré. Petite cravate à nœud serré sur une chemise blanche. Sourire de publicité. Qu'il fût toscan, il l'avait déjà deviné à sa façon de souffler le *t*, et avant encore au glissement sur le *g* de Giannino. Il ne lui demanda pas si c'était un nom ou un prénom, et surtout s'il était vrai, comme l'autre ne lui demanderait pas s'il était vraiment ingénieur.

– Majani fait le meilleur chocolat du monde, je peux vous en offrir un ?

– Non, merci…

– Vous ne savez pas ce que vous perdez, je vous assure. Et puis par ce froid…

– Non, merci…

– Un café, alors ?

De Luca sentit son estomac se tordre avec un grognement rapide, l'obligeant à déglutir.

– Oui, dit-il, ça oui.

– Vous avez déjeuné ? Prenez un croissant, ingénieur, ou mieux, un gâteau…

De Luca fit "non" de la tête et Giannino cria "un café", le doigt raide comme une épée qui se baissait pour indiquer le comptoir devant eux. Il arriva tout de suite et Giannino eut à peine le temps de verser une cuillerée de sucre dans la tasse que De Luca le remuait rapidement avant de l'avaler encore chaud au point de se brûler la langue. Il n'avait pas déjeuné, mais il ne mangeait jamais, le matin. Le café, il l'avait déjà pris à la gare, à sa descente du train, ce qui ne l'empêchait pas d'être déjà en manque.

– Vous savez, ingénieur, je vous ai reconnu d'après une photo. Une de celles du procès, vous aviez un imperméable comme celui-ci, exactement pareil.

De Luca ne répondit pas. Il se concentra sur la cuillère avec laquelle il récupéra le sucre au fond de la tasse.

– Bien sûr, il ne s'est passé que quatre ans, c'était facile, mais pour être sûrs que je vous reconnaîtrais ils m'ont donné aussi celle où vous étiez en uniforme, avec le calot et l'uniforme fasciste, et là, on est pendant la guerre, il s'est bien passé au moins dix ans, mais aujourd'hui aussi vous êtes exactement pareil, vous êtes toujours vous.

De Luca termina de sucer la cuillère. Giannino avait baissé la voix et il sentait sur lui son regard souriant, mais malicieux et méchant, de gamin qui joue. Ces derniers temps, il en avait tellement subi des regards de ce genre, et il avait toujours gardé les yeux baissés, devant le ministère public, devant le juge, même devant son défenseur, pour ne pas parler de tous ceux qui étaient venus ensuite.

Mais lui, ce n'était qu'un gamin qui voulait paraître plus grand et théoriquement il était son subordonné, ou plutôt il l'était vraiment, et donc De Luca les leva, les yeux, et il le fixa.

– Tu as fini ton chocolat ? dit-il. On peut y aller ?

Giannino cessa un instant de sourire. Il recommença aussitôt, d'un sourire toujours publicitaire et malicieux, mais cette fois plus prudent.

– À votre disposition, ingénieur. Laissez, laissez, c'est moi… vous me vexeriez.

La voiture était garée un peu plus loin, en stationnement interdit, parce que sous le portique il y avait une banque. Flambant neuve, si ripolinée qu'elle semblait en argent. Giannino montra le véhicule à De Luca quand ils se trouvaient encore entre les colonnes, avec un mouvement orgueilleux du menton.

– Lancia Aurelia B20, ingénieur, mais celle qui vient de sortir, la 2 litres et demi. Non, je veux dire, j'ai réclamé une faveur qu'ils me devaient, et ils ne pouvaient pas m'en assigner une mieux que ça, pas vrai ?

Il la caressa, aussi, en frappant deux fois de la paume de la main sur le coffre arrondi.

– Quel derrière... Ils ont retiré les lanternes du vieux modèle et, maintenant, c'est autre chose... vous ne la trouvez pas sensuelle, ingénieur ?

De Luca ouvrit la portière et monta du côté passager. Il y avait une palette* de la police de la route sur le tableau de bord. Il la prit et lança un regard interrogatif à Giannino, qui la lui retira des mains et la jeta à l'arrière, sur les deux sièges étroits sous le toit courbé de coupé.

– Un prêt entre collègues, dit-il. L'administration m'a remonté les bretelles parce que je prends trop d'amendes.

Il tira le starter et mit en route avec la clé, en pressant l'accélérateur avec douceur.

– Inutile que je vous demande comment il chante, le moteur... j'ai l'impression que s'ils nous avaient donné une vieille Topolino avec la bonbonne de méthane sur le toit, pour vous, c'était pareil, ingénieur, je me trompe ?

Cette fois, il lui arracha un sourire. De Luca se glissa sur le petit divan faisant fonction de siège, se nichant entre dossier et portière, bras serrés contre la poitrine pour réprimer un frisson de froid d'une violence telle qu'il tremblait. Ça lui arrivait quand il montait en

---

* Plaque ronde au bout d'un bâton, utilisée par les forces de l'ordre italiennes pour réguler la circulation, faire signe à des véhicules de dégager le passage ou de s'arrêter. (*Toutes les notes sont du traducteur.*)

voiture, l'hiver, comme si le dossier glacé aspirait d'un coup toute la chaleur de son corps. Il lui arrivait aussi d'avoir des nausées en sentant la puissante odeur d'étoffe et de métal des voitures neuves, mais baisser la vitre aurait été pire, alors il décida de résister.

Cependant, Giannino était parti et avait déjà tourné à droite pour prendre la via Ugo Bassi.

– Alors, pas la voiture, ingénieur… le foot ? Vous suivez le foot ? Moi, je suis pour la Fiorentina, ça me paraît évident, je suis né pratiquement piazza della Signoria, et ça s'entend, mais vous ? La Juventus ? La Milan ?

De Luca secoua la tête et réitéra quand Giannino lui dit :

– Vous êtes quand même pas pour l'Inter ?

– Je voulais dire que non, je ne suis pas le foot.

– Le cinéma ? La musique ! Moi, j'aime la musique, la moderne, les chansons en somme. Mais le jazz aussi. Dans moins d'un mois, il y a Sanremo, ingénieur. Nilla Pizzi, Teddy Reno, Flo Sandon's… ou vous êtes plus genre Claudio Villa ? s'enquit-il avec un coup d'œil, tandis qu'il passait une vitesse pour se glisser via Marconi avant un tram. Vous vous fichez de tout, pas vrai ? C'est pas vraiment facile de faire la conversation avec vous, ingénieur.

– Et si on parlait de l'affaire ?

Giannino hocha la tête. Il klaxonna pour écarter un piéton du milieu de la rue, puis prit un dossier dans le compartiment de la portière et le tendit à De Luca. C'était une chemise à en-tête de la Questure de Bologne, brigade criminelle. De Luca crispa les lèvres, en aspirant comme s'il avait l'eau à la bouche.

La première photographie avait été prise de près, le corps nu d'une femme effondré sur le bord d'une baignoire, vu de dos, épaules et tête dans l'eau. Ce n'était pas facile à distinguer parce que c'était un noir et blanc qui se confondait dans un gris presque uniforme, avec seulement la courbe des fesses en premier plan qui donnait une clé pour ordonner les différentes nuances.

Après, il y en avait d'autres, plus nettes, la masse sombre des cheveux qui flottait, immobile dans l'eau savonneuse, lui faisant comme une tête de Méduse, des détails du corps et de la salle de bains, l'empreinte ensanglantée d'un pied nu sur le carrelage, les vues d'une autre pièce, un téléphone mural noir, le combiné pendant au bout d'un fil tendu.

De Luca les feuilleta en hâte, presque sans les regarder, et fit de même avec les pages tapées à la machine, compte rendu d'intervention de la voiture de patrouille, considérations du fonctionnaire de la Criminelle, examen du corps par le médecin légiste, il y avait aussi un petit rapport des carabiniers, en plus des coupures de journaux bizarrement encore peu nombreuses, bien que tout se fût passé deux jours plus tôt.

La fiche de la victime, il l'avait déjà lue plusieurs fois dans le train, et avec une fougue qui lui avait coupé la respiration, quand il était parti de Rome avec la mission de se rendre à Bologne pour résoudre l'affaire du meurtre de Mantovani Stefania épouse Cresca, née à Ferrare le 23 août 1922 (elle avait donc 31 ans), 1 mètre 70, 52 kilos, teint clair, yeux verts, cheveux roux, signes particuliers aucun. “Veuve”, avait-on ajouté au bas de la feuille, car son mari, le professeur Mario Cresca, était mort deux mois auparavant dans un accident de voiture, ce que De Luca savait aussi.

– Merci beaucoup, ingénieur, je croyais avoir fait du bon travail, dit Giannino, déçu.

– Excellent travail, en fait. Mais je ne veux pas le lire maintenant. Je ne sais pas qui est ce…

Il feuilleta les documents.

– … commissaire D'Orrico, je ne sais pas comment ils travaillent, lui et son équipe, et je ne veux pas me faire égarer par leurs considérations. Je préfère voir le lieu du crime et me faire d'abord mon idée.

Giannino haussa les épaules. Il vira à gauche dans la via Riva di Reno, longea le canal jusqu'à l'autre bout, tourna sur la passerelle et se gara, coupant le moteur. Il se pencha sur le volant pour montrer une petite fenêtre un peu au-dessus du bord supérieur du pare-brise, les volets fermés, barrés, comme ceux des maisons de tolérance.

– Le voilà, ingénieur. Le "piège à femmes" de Cresca.

– Comment vous appelez ça, vous ? Garçonnière ? Appartement de célibataire ? Ben, quand un célibataire ne l'est plus, célibataire, alors, chez nous, ça s'appelle un "piège à femmes", là où on emmène ses maîtresses, en somme.

Il était en haut de l'escalier, sur le dernier palier étroit qui, au-delà d'une rambarde basse et carrée, donnait sur le vide. Il y avait des rubans adhésifs collés sur la porte avec l'inscription "Police" au crayon, et le tampon de la Questure. De Luca les montra à Giannino, d'un mouvement du menton car il avait les mains plongées dans son pardessus, le dossier couleur crème sous le bras. On aurait dit que tout le froid humide de la rue avait été aspiré jusque-là par la cage d'escalier.

Giannino arracha les scellés puis sortit un passe-partout et, en un instant, ouvrit la porte. Il sourit à De Luca mais celui-ci ne le regardait plus. Il fixait l'obscurité au-delà du seuil tandis que son cœur avait commencé à battre fort et cette fois oui, un excès de salive, d'eau à la bouche, vraiment, le contraignit à déglutir.

L'interrupteur était à côté de la porte. De Luca le tourna et alluma, puis il leva un bras pour bloquer Giannino, qui allait entrer.

– Tu as un appareil photo ?

– Bien sûr, ingénieur, dans la voiture. Je vais le prendre.

De Luca resta sur le seuil, à souffler des volutes de vapeur humide. Il ferma les yeux, serrant fort les paupières, puis les rouvrit.

Une petite mansarde carrée avec une fenêtre fermée sur le mur du fond, réduit par la pente du toit.

À gauche, un grand lit défait. Ou plutôt utilisé pour dormir, un côté découvert et un seul oreiller déplacé, un sommeil solitaire. À côté de la porte, une petite armoire à double porte, ouverte. Mais, répandus sur le lit et sur le sol alentour, tous les livres, les cahiers et les papiers qui avaient dû se trouver dans une modeste bibliothèque au fond, et aussi le contenu des tiroirs des tables de nuit, renversés par terre.

À gauche.

À droite, une petite table, la chaise se dressant devant, une machine à écrire, une lampe, une corbeille à papier, tout en place. Mais. Un téléphone au sol, le fil du combiné entortillé comme un serpent. Contre le mur au fond, à côté d'un petit poêle à charbon, une autre petite table avec un tourne-disque et un porte-disque à soufflets. Mais tous les vinyles par terre, hors de leurs étuis de carton, cassés en deux.

Et, dans toute cette partie de la pièce, du sang sur le sol, piétiné, étiré, jusqu'à une porte ouverte qui semblait donner sur la salle de bains.

Giannino arriva essoufflé d'avoir monté les marches en courant. Il tenait un petit Leica avec une ampoule flash déjà vissée.

– On commence par l'endroit où était le corps et puis on revient en arrière, dit De Luca. Attention de ne pas marcher sur quelque chose.

– Sainte Mère, quel froid. Humide, en plus. Vous ne le sentez pas, ingénieur ?

Non, il ne le sentait plus. À l'instant où il avait allumé la lumière de la salle de bains, De Luca avait eu un frisson, mais il savait que c'était d'excitation et pas de froid.

Il prit deux photos dans le dossier et passa le reste à Giannino, qui fit une grimace parce qu'il était en train d'enfiler des gants, le Leica sous le bras.

La baignoire était vide, encore humide, et il restait des traces de sang sur le formica blanc du rebord. Un bocal de sels de bain était renversé sur le fond, près de l'évacuation, une longue traînée de grains brillants convergeant vers l'orifice. Le rideau de tissu avait été arraché des anneaux et jeté au sol, sous le lavabo.

Il y avait de nombreuses empreintes imprimées dans le sang sur le carrelage devant la baignoire, semelles lisses ou à croisillons, traînées de pieds nus, des pieds petits de femme, et l'une, assez nette, de la plante d'un pied aux doigts écartés, comme écrasés. De Luca fit signe à Giannino de photographier.

– Sans flash. Il y a assez de lumière. Que dit le légiste ?

– Ingénieur, murmura le jeune homme, je n'ai que deux mains. Mais il commença à lire : “Devant moi se présente le cadavre…”

– Uniquement les blessures relevées.

– Bon, d'accord, alors… hématome sur la partie droite du front, coupure sur la gauche, nez cassé, éraflures sur la pommette… puis, puis… sur le cou : long hématome circulaire, de forme effilée, d'autres hématomes et ecchymoses. Grand hématome devant, sous le sein, “d'écrasement”, il dit. Morte probablement par noyade environ douze heures avant d'avoir été retrouvée.

De Luca imagina. Il regardait la baignoire, puis les photographies du dossier, les couleurs pâlies par la lumière artificielle de la lampe de la salle de bains, dans un noir et blanc que le papier photo rendait luisant.

Il s'approcha de l'armoire au-dessus du lavabo et l'ouvrit. Un instant, il vit son reflet dans le miroir de la porte, une mince fraction de visage qui passait vite et disparaissait.

Il eut juste le temps de remarquer les cernes et la barbe qu'il aurait dû raser depuis un moment, avant de se concentrer sur le contenu.

Peignes, brosses à cheveux et à dents, dentifrice, rasoir électrique et lotion après-rasage. Sur le bord du lavabo, une petite trousse de toilette. Un truc de femme. De Luca prit un peigne d'homme et l'étudia à contre-jour : pas de cheveux, mais gras. Il prit un tube de rouge à lèvres dans la trousse sur le lavabo et l'ouvrit : rouge sombre, presque fini.

– Vous avez vu, là ? demanda Giannino en montrant une corbeille d'osier.

Oui, De Luca l'avait vu et il était en train d'y arriver. Un paquet de préservatifs Gold One, encore fermé, que Giannino prit, en le secouant en l'air avec un sourire amusé.

– Si tu as tout photographié, on va à côté. Ici, on a fini.

De Luca sortit de la salle de bains et s'arrêta pour regarder Giannino qui avait pris le flacon de brillantine, avait retiré un gant et s'en était versé un peu dans la main, en s'en frottant les doigts. Il l'approcha aussi de son nez pour le flairer.

Un instant, De Luca se demanda ce qu'il faisait, puis il le vit secouer la tête, pensif.

– On dit que cette Tricofilina prévient la chute des cheveux. Je ne sais pas, ça me convainc pas. Je reste fidèle à la Linetti, son parfum est meilleur.

Un sourire échappa à De Luca et il le garda même quand, avant qu'il ait eu le temps de le retenir, Giannino piétina les taches de sang autour de la petite table à côté de l'entrée. De toute manière, il les avait déjà vues.

– Photographie celles-là, là, allez !

Des semelles lisses, des grosses semelles de godillots et deux autres empreintes de pieds nus. Une devant le téléphone accroché au mur, presque complète, il ne manquait que le talon. L'autre sous la petite table, sur toute la longueur, du gros orteil au calcanéum, mais pliée sur un côté, la ligne rouge s'interrompait sous l'arc de la plante du pied. Des pieds de femme.

De Luca se pencha sur la machine à écrire, une petite Remington portative, noire, s'en approchant au plus près, comme s'il voulait la flairer. Il ouvrit le tiroir de la table, papier à lettres et enveloppe avec pour en-tête “Mario Cresca”, simplement, sans titre honorifique, seulement l'adresse, “18, via Oberdan”, qui n'était pas celle de la garçonnière. Mais le tout sens dessus dessous, comme si une main y avait farfouillé.

Ensanglantée.

Il regarda dans la corbeille à papier qui se trouvait quasiment sous la table. Elle était vide, à part le coin déchiré d'une enveloppe ivoire du même type que celles du tiroir. Il la prit, nota la nuance rougeâtre qu'elle avait sur le côté, du sang absorbé par le papier, et les trois lettres majuscules sur celui-ci, en rouge elles aussi, mais c'était de l'encre de machine à écrire.

DOTT, comme pour *dottore*, avec le *t* final coupé à la moitié par la déchirure.

Puis il s'accroupit et resta un moment à fixer le téléphone sur le carrelage, un gros appareil de bakélite noire. Il prit le combiné, souffla pour disperser la poudre blanche utilisée pour relever les empreintes digitales et l'observa longuement.

– Il y a la liste des pièces à conviction remises à la Scientifique ?

Giannino feuilleta les documents restés dans le dossier, avec difficulté car il avait remis ses gants.

– Des cheveux ?

– Oui. Trois. Longs et roux. Collés par le sang sur le combiné du téléphone, répondit le jeune homme en le montrant du doigt.

De Luca hocha la tête.

– Autre chose ?

– Un peignoir de bain d'homme humide et taché de sang, avec les lettres MR sur la poche de poitrine. Et c'est tout.

De Luca soupira. Il avait bien fait de ne pas lire d'abord le rapport du commissaire de la Criminelle, et il le dit.

– Pourquoi ?

– Le collègue D'Orrico est du genre à travailler à la truelle…

Ex-collègue.

– … Il a relevé les empreintes seulement sur le téléphone, et pas sur le reste. Et il y avait aussi un tas d'autres choses pour la Scientifique. Par exemple ça, précisa De Luca en montrant le bout d'enveloppe dans la corbeille, et ça, ajouta-t-il en indiquant la machine à écrire, le levier qui débloquait la feuille sur la gauche et aussi la barre des espaces. Il y a des éclaboussures de sang partout, mais ça non, ça c'est des empreintes. Et si tu fais attention, il y en a même une ici, sur la touche S. Même si elles sont illisibles, ça veut dire que quelqu'un s'est assis et s'est mis à écrire. Regarde la chaise comme elle est droite : ici, il y a eu une bagarre, elle devrait s'être renversée. Et…

De Luca s'interrompit. Il imaginait.

Mais il plissa le front.

– Ce n'est pas pour défendre cette andouille de la Criminelle, dit Giannino, mais si les empreintes sont illisibles, pourquoi mettre la Remington sous scellés ?

– Pas la machine. Ça. C'est assez neuf et peut-être qu'il en sortira quelque chose.

De Luca débloqua les clips qui tenaient les roues du ruban et le retira, en l'enroulant avant de l'empocher.

– Bon, bien sûr, le téléphone, c'est important, continua-t-il en prenant le combiné ensanglanté. On a frappé la dame avec ça et, avant ou après, on a essayé de l'étrangler, conclut-il en tirant le fil serré entre ses poings fermés – et il allait ajouter "après, je dirais, vu les empreintes sur le sang au sol", mais il se tut, parce qu'il imaginait.

De nouveau, il plissa le front.

– Puis on lui a enfoncé la tête dans la baignoire et on l'a noyée, dit Giannino, avec un hochement de tête décidé. Deux personnes au moins, à en juger par les empreintes de chaussures. C'est exact, ingénieur ?

– Trois, si on ajoute les tiennes, dit De Luca, qui s'était levé pour s'approcher de l'armoire et la fixer, bras croisés. Ces semelles de grosses godasses, pour moi, elles ressemblent vraiment à des brodequins de flics de la patrouille. Le collègue a laissé tout le monde marcher partout.

Ex-collègue.

Par terre, devant l'armoire, une paire de chaussures de femme rouges, taille 39.

– Beau pied, Mme Cresca, avait dit Giannino. Et bon goût, avait-il ajouté, en notant la marque.

Dans l'armoire, une veste d'intérieur portant le sigle MR, un pantalon de sport, un pull, des caleçons et des chaussettes d'homme.

De Luca cessa d'imaginer. Il plissa encore plus le front, si possible.

– Et ce bordel-là, ce sont les collègues qui l'ont fait ? demanda Giannino en montrant les disques cassés. Oh Seigneur, regardez-moi ça… Billie Holiday, Etta James…

– Non, répondit De Luca, pensif – il était déjà dans les photographies –, tandis que Giannino continuait :

– Duke Ellington, Lionel Hampton… Il n'y a que celui-là d'intact, c'est le dernier de Lena Horne, en Italie il n'est pas encore arrivé, qu'est-ce que vous en dites, ingénieur, ça pose un problème à quelqu'un, si je le pique ?

Mais De Luca ne l'écoutait pas.

Il secouait la tête pour lui-même et pensait : *Rien*. Il n'y a rien qui tienne debout.

Il n'avait pas confiance dans le travail de l'ex-collègue mais ne pouvait pas frapper à toutes les portes de l'immeuble pour parler avec les voisins, même si Giannino avait une carte de policier, parce qu'il ne voulait pas se faire remarquer.

Mais une chose à approfondir, il y en avait une.

Parce que, dans le rapport de la Criminelle, les déclarations des quatre familles qui habitaient sur les deux étages disaient toutes plus ou moins la même chose : personne ne s'était aperçu de rien, dans la journée tout le monde était sorti travailler et le soir il avait plu à verse, avec un vent glacial de tempête. Seule la dame de l'appartement directement en dessous avait entendu quelque chose, vers l'heure du dîner, mais elle n'y avait pas fait attention. Mais comme c'était aussi la personne qui avait appelé la police, il valait peut-être mieux lui dire deux mots.

C'est Giannino qui avait eu l'idée.

– Disons que nous sommes journalistes, ingénieur. Du *Resto del Carlino*. C'est sûr que ça va marcher.

De fait, ça avait marché, même si dans un premier temps Mme Maria était restée perplexe, sur le seuil, puis elle avait souri au sourire de Giannino et les avait fait entrer, et quand il avait remarqué *Bolero* sur la table de la salle à manger et avait commencé à parler de Ruggero et Silvia, *Sarà un vero addio*, et comme Marisa Sereni est belle dans les romans-photos, la dame les avait aussi fait asseoir.

– Un café ou un petit vermouth ?

– Oui, avait répondu De Luca sans hésiter, un café, oui, et Giannino avait hoché la tête, même s'il aurait préféré un vermouth.

L'appartement n'était pas très grand mais il était chaud, il y avait un poêle au coin de la pièce et à côté, assis par terre, un enfant en pantalon court, les genoux rouges d'engelures : ils le remarquèrent quand il toussa. Il tenait un cahier sur ses jambes croisées et y dessinait au crayon.

– Salut, comment tu t'appelles ? demanda Giannino, mais Mme Maria avait commencé à parler depuis la cuisine, tout en mettant la cafetière sur le fourneau.

– Vous n'allez pas écrire mon nom, pas vrai ?

– Non, madame, soyez tranquille.

– Ah, parce que la police m'avait demandé de ne parler à personne. Et puis je ne veux pas qu'ils viennent me chercher, ceux-là, ils sont capables de tout.

– Ceux-là ? Ceux-là qui ?

– Ces nègres.

Giannino regarda De Luca. Il allait demander quelque chose mais ce ne fut pas nécessaire.

– Oh, Seigneur, je comprends bien quand on est jeune, plein de fric et aussi beau garçon... mais...

Elle sortit de la cuisine, elle avait retiré son tablier et se rajustait les cheveux en chignon quand elle aperçut le gamin et frappa dans ses mains.

– Albertino ! Il fait froid par terre ! Va faire tes devoirs sur le lit.

– Mais quoi ? demanda De Luca.

– Mais rien, Seigneur, maintenant on est modernes... assura-t-elle et, en montrant du doigt le plafond, elle baissa la voix : Il y avait des allées et venues de femmes... on entendait des disques toute la journée, oh mon Dieu, j'aime bien la musique, précisa-t-elle avec un sourire à Giannino, mais ce truc-là, comment ça s'appelle, *e' giazz*, comme il dit mon mari – Giannino rit avec elle –, que moi, j'aime pas trop ça... moi, vous voulez savoir qui c'est qui me rend dingue ? Claudio Villa.

De la cuisine arriva le gargouillis du café en train de passer. Mme Maria dit : "Vous permettez ?", et De Luca poussa un soupir d'impatience mais, quand elle revint avec le plateau, pendant un moment l'envie de café effaça tout le reste.

– Combien de sucres ? demanda-t-elle.

– Un, répondit De Luca.

– Trois, rétorqua Giannino.

– Tant que ça ? Qu'est-ce que c'est, vous avez besoin d'affection ? Un beau jeune homme comme vous n'a pas de fiancée ? Albertino !

L'enfant n'avait pas bougé du sol. Il se leva et, au lieu de sortir de la pièce, s'approcha de la table. Il se mit dans un coin, à genoux sur une chaise, et recommença à dessiner. Sur la page à grands carreaux, il avait tracé une figure humaine, longue et large, une grosse tête.

– Qu'est-ce que c'est ? demanda Giannino. Un ogre ? Un diable ?

– Albertino ! La maîtresse t'a dit de ne plus dessiner ce genre de choses ! C'est un enfant gentil mais un peu timide, il est au cours élémentaire première année, il a du mal.

– Très bien, dit De Luca. Le professeur Cresca recevait des femmes, écoutait des disques… et les nègres ?

– Il faisait la fête avec ses amis musiciens, ils buvaient, ils jouaient, et il y avait même des nègres quelquefois, dit-elle en baissant la voix et en hochant la tête, l'air sérieux. Moi, je n'en ai jamais vu, mais une des dames d'en dessous en a vu un, un grand gros nègre, vous savez ce qu'il dit, mon mari ? Que ces types, ils fument de ces cigarettes droguées et qu'après…

Elle eut un geste de la main en l'air, incompréhensible mais menaçant.

– Moi, je l'ai déjà dit à la police, pour moi c'est un de ceux-là. Mais n'écrivez pas mon nom dans le journal, je vous en prie.

De Luca soupira. Il se dépêcha de finir le café et renonça au sucre collant au fond.

– Racontez-nous quand vous avez appelé la police, s'il vous plaît.

Mme Maria agita les mains, "Je vous en prie ne m'y faites pas penser", puis elle tira une chaise et s'installa devant eux, coudes sur la table, tournée vers Giannino.

– Alors, la dame m'avait dit de ne pas apporter le linge avant dix heures…

– Mme Cresca ?

– Oui, la femme du professeur. Rendez-vous compte, on savait même pas qu'il était marié, nous l'avons appris du faire-part dans le *Carlino*, quand il a eu son accident, le pauvre, dit-elle en faisant le signe de la croix, vite, avec un baiser à la jointure de l'index.

– Vous ne l'aviez jamais vue avant, ici, dans la mansarde ?

– Non, jamais. C'était la première fois. Rendez-vous compte, je croyais que celle qui était un peu plus fixe que les autres c'était l'autre, là, Faccetta Nera*.

– Faccetta Nera ?

– C'est comme ça qu'il l'appelle, mon mari, il a fait la guerre en Afrique et il dit qu'elle doit être abyssine, métisse en tout cas, parce qu'elle est très sombre de peau. Voilà, elle, elle venait un peu plus souvent. Mais sa femme, jamais. Oh mon Dieu, c'était une garçonnière, non ? C'est pas les épouses qui y vont, dans les garçonnières, non ?

Et elle rit, avec Giannino, pendant que De Luca soupirait.

– Continuez, s'il vous plaît.

– Alors, mercredi, il devait être 11 heures, du matin je veux dire, j'étais là à laver le linge, parce que je fais laverie là devant, précisa-t-elle en montrant la porte d'entrée, en direction du canal Reno qui passait devant

* *Faccetta Nera*, "Petite tête noire" : c'est aussi le titre d'un hymne fasciste à la gloire de la colonisation de l'Éthiopie.

la rue, vous imaginez, avec ce froid, mais on veut changer de maison, mon mari fait exprès des heures supplémentaires, vous sentez l'humidité ?, le petit tousse tout le temps, ajouta-t-elle – et elle tendit la main pour une caresse rapide sur la tête d'Albertino penché sur son dessin –, en tout cas je suis là à laver quand il arrive cette belle femme, une grande rousse élégante, le nez un peu fort mais belle, qu'est-ce qu'il avait à chercher ailleurs, lui, là, moi je comprends pas, avec une femme pareille.

Du coin de l'œil, Giannino perçut l'impatience de De Luca et dit :

– Et alors ?

– Alors, elle m'a demandé de lui laver du linge, alors je suis montée là-haut et elle m'a donné de la literie, des draps et des taies, et aussi des serviettes de toilette…

– Des vêtements ? demanda De Luca.

– Non, juste pour le lit et la salle de bains. Du beau linge, tout avec des initiales brodées. En tout cas j'ai fait la lessive, je l'ai étendue, j'ai repassé, puis hier matin je l'ai portée là-haut. Pas avant dix heures, elle avait insisté, parce que comme ça on peut dormir tard, pas comme nous pauvres besogneux. Figurez-vous qu'elle m'avait aussi demandé de venir lui faire le ménage de temps en temps, dommage, ça m'arrangeait, ces sous.

Elle secoua la tête, et Giannino aussi, qui dit : "Dommage", et ajouta : "Et ensuite ?"

– Et ensuite, j'ai vu que la porte était à moitié ouverte, j'ai frappé, j'ai appelé, personne répondait, j'ai pensé à des voleurs, j'ai eu peur et je suis allée réveiller mon mari qui avait fait l'équipe de nuit et lui, oui, c'était bien qu'il dorme. Claudio est monté, il est revenu tout de suite, il a dit qu'il avait vu un sale truc dans la salle de bains et il est descendu au bar téléphoner à la police.

– Alors, vous n'avez rien vu, dit De Luca.

– Pour l'amour de Dieu, il me serait venu une attaque et on m'aurait trouvée raide morte par terre. Et heureusement qu'Albertino, quand il est monté faire pipi avant d'aller à l'école, parce que, sauf votre respect, le cabinet de notre palier est bouché et on utilise celui de l'étage au-dessus, Albertino veut plus le pot, bref heureusement qu'il l'a pas vue, la porte ouverte, sinon s'il entrait… mon mari a dit qu'il y avait un dos tout blanc…

Mme Maria frissonna :

– Je veux même pas y penser.

De Luca prit la tasse à café et racla le sucre au fond avec la pointe de la cuillère.

– Une dernière chose… vous avez dit que, la veille au soir, vous avez entendu un peu d'agitation à l'étage au-dessus.

Mme Maria haussa les épaules.

– Il pleuvait, le vent soufflait et la radio était allumée, vous savez, Flo Sandon's et Natalino Otto, précisa-t-elle à l'attention de Giannino, qui hocha la tête. Et puis, on était tellement habitués au boucan quand il y avait le professeur que je n'y ai pas fait attention.

– À quelle heure ?

– Il devait être 8 heures, 8 heures et demie même. J'avais fini tard de faire dîner Albertino, j'étais en train de manger.

– Et qu'est-ce…

– Des passatellis. Avec un bouillon fort. Vous voyez, dit-elle à Giannino. Pour la toux.

– Je voulais dire, qu'est-ce que vous avez entendu précisément ?

– Précisément, rien, je vous l'ai dit. Un petit cri, quelques pas…

Elle montra le plafond.

– … mais légers. Sur le moment, j'ai pensé qu'ils dansaient, peut-être parce que j'écoutais *La samba dell'uccellino* et que j'avais envie moi aussi d'aller danser, je ne me rappelle même plus comment on fait.

De Luca se leva brusquement.

– Merci, madame, nous ne vous dérangeons pas plus longtemps.

Mme Maria regarda Giannino d'un air déçu et il écarta les bras.

– Vous l'avez dit vous-même, nous sommes tous de pauvres besogneux, le travail nous appelle.

– Un moment.

De Luca était déjà presque sur le seuil de l'appartement quand il s'arrêta. Il lui était venu un truc en tête, et il s'étonna que ça ne soit pas arrivé avant. Peut-être était-ce Mme Maria qui l'avait étourdi, avec ses bavardages.

– Albertino va faire ses besoins dans les toilettes communes, au-dessus, c'est ça ? Il le fait aussi le soir, avant d'aller dormir ?

– Oui, acquiesça Mme Maria.

– Ce soir-là aussi ?

– Mais bien sûr, je lui fais faire pipi avant d'aller au dodo, sinon… oh mon Dieu ! s'exclama-t-elle en portant la main à ses lèvres, et elle allait recommencer à parler mais De Luca l'arrêta en levant la sienne avec tant d'autorité qu'elle resta bouche bée.

– Albertino, demanda-t-il, tu as vu quelque chose quand tu es allé au cabinet au-dessus ?

Albertino hocha la tête.

– Oh, mon Dieu ! dit la femme et, ce coup-ci, ce fut Giannino qui l'arrêta en la prenant par le bras, sans trop de courtoisie.

– Tu as entendu quelque chose ? demanda De Luca, mais Albertino secoua la tête :

– Non.

– Tu es entré dans l'appartement et tu as vu quelque chose là ? demanda Giannino, et Albertino secoua encore la tête.

– Alors, tu as vu quelqu'un ? dit De Luca et, cette fois, Albertino hocha la tête puis poussa devant lui le cahier.

– Tête de Monstre, dit-il, la voix éraillée par le silence. Il est sorti de chez la dame.

– Il n'y a rien qui tient.

– Pourquoi dites-vous ça, ingénieur ? Nous avons même le portrait-robot de l'assassin. Vous ne les mangez pas, vos tortellinis ? Vous savez, s'ils refroidissent, c'est dommage.

De Luca fixa l'assiette qu'il avait devant lui. À l'instant où le serveur la lui avait mise sous le nez, l'odeur chaude de bouillon et de pâte fraîche lui avait contracté l'estomac dans un gargouillis de vieille faim dévorante mais après la deuxième cuillère, il s'était déjà distrait en regardant le dessin qu'il gardait à côté de l'assiette, à la place de la serviette.

Albertino devait avoir un certain talent parce que, malgré la disproportion entre la tête et le corps, qui faisait tout de même penser à un homme grand et gros, les traits du visage étaient minutieusement rendus et on comprenait que cet œil plus bas que l'autre correspondait à la réalité.

Grand et gros, visage oblique, cheveux blonds et rares, détails ajoutés par l'enfant qui, caché derrière la porte des cabinets, avait vu Tête de Monstre sortir de la mansarde et depuis ne l'avait pas oublié. Oui, il avait un certain talent, Albertino. Et aussi le sens des affaires : il avait voulu 50 lires pour leur laisser le dessin.

– Vous ne les mangez vraiment pas, ingénieur ? C'est dommage, vraiment. Je peux ?

De Luca hocha la tête, ailleurs, et Giannino se pencha sur la table pour prendre l'assiette presque pleine, qu'il posa sur la sienne, vide.

– Je ne devrais pas, parce que je commence à prendre des kilos, mais comment faire ? On dit que les tortellinis du Diana sont les meilleurs de tout Bologne… et puis on a sauté le déjeuner, non ?

– On fait un résumé? dit De Luca, et Giannino s'immobilisa, cuillère en l'air.

– Comment ça?

– Samedi soir, entre 8 heures et 8 h 30, ce monsieur-là, commença De Luca en brandissant le dessin d'Albertino, entre dans la mansarde et tue Mme Cresca.

Giannino hocha la tête, bouche pleine.

– Elle lui ouvre.

Giannino cessa de hocher, perplexe.

– Il n'y avait pas de signes d'effraction sur la porte. À part que c'était écrit dans le rapport de la Criminelle, quand tu l'as ouverte avec ton passe-partout, tu en as remarqué?

Giannino secoua la tête.

– Alors, ou bien Tête de Monstre a une clé à lui, ou bien il frappe et elle le fait entrer. En robe de chambre. Parce qu'elle venait de prendre son bain ou était en train de le prendre, la dame. On l'a noyée dans sa baignoire, d'accord, mais on ne l'a pas remplie exprès, non?

– Non, dit Giannino. Vous me faites passer l'appétit, ingénieur. Peut-être qu'ils sont amants, vous savez ce qu'on dit, ce n'est pas ce qui est beau qui est beau, c'est ce qui plaît qui est beau, pas vrai? Même un type comme ça, ajouta-t-il en montrant le dessin, et De Luca haussa les épaules.

– Tout est possible. Elle le fait entrer ou bien il a une clé à lui, d'accord. Il se passe quelque chose et il l'agresse. Il la frappe avec le combiné du téléphone, lui fait une coupure à la tête, lui casse le nez et elle saigne beaucoup. Il l'étrangle avec le fil du téléphone.

Giannino avait recommencé à manger. Il hochait vigoureusement la tête, en avalant une cuillère de tortellinis après l'autre et en aspirant le bouillon.

– Puis, soudain, il arrête.

Giannino aussi arrêta. De manger. Il posa la cuillère au bord de l'assiette en s'essuyant la bouche avec la serviette.

– Pourquoi il arrête ?

– Parce qu'il y a une empreinte sous la table de la machine à écrire et que c'est celle d'une personne qui s'y est assise. Et comme c'est l'empreinte d'un petit pied nu, c'est celui de Mme Cresca. Qui, après avoir été frappée avec le téléphone, parce qu'elle est tout ensanglantée, s'assied devant la machine à écrire, conclut De Luca en bougeant les doigts comme sur un clavier.

– C'est lui qui l'a obligée, dit Giannino.

– Ah oui ? Et pourquoi ? On risque pas de reconnaître la calligraphie, s'il faut écrire quelque chose, il peut le faire lui. En tout cas, à un certain moment Tête de Monstre lui enfonce la tête dans la baignoire et la noie. Puis il perquisitionne les tiroirs en jetant les affaires sur le lit, casse tous les disques de jazz et s'en va en volant les vêtements de la dame.

– Les vêtements ?

– Tu ne l'as pas vu ? Il n'y avait que les chaussures. À moins que Mme Cresca ne soit allée à la mansarde nue, mais je ne crois pas, ne serait-ce qu'à cause du froid, quelqu'un a bien dû emporter ses vêtements. Je te l'ai dit, il n'y a rien qui tient debout.

Par terre, sur le carrelage sous la table, il y avait la chemise de la questure. De Luca la prit et, l'ouvrant à peine, feuilleta les documents du bout d'un doigt, car il cherchait la photo de Mme Cresca étendue sur les carreaux de la salle de bains, le corps nu et gonflé. Il la trouva et il l'étudiait avec tant de concentration qu'il en oublia tout le reste et ce fut Giannino qui se pencha sur la table pour lui refermer la chemise, à présent trop ouverte.

– Ingénieur, s'il vous plaît… il y a des gens qui mangent.

Quoiqu'on ne fût que lundi, l'établissement était plein, du fait de la proximité des fêtes de fin d'année, et il était décoré de guirlandes argentées, et très éclairé. Il y avait un arbre de Noël devant le miroir qui occupait le mur du fond et un brouhaha excité qui remplissait la longue salle du restaurant.

Dès qu'ils étaient sortis de l'immeuble de la via Riva di Reno, Giannino avait dit qu'entendre la maman d'Albertino parler de passatellis lui avait donné faim et, vu que c'était maintenant l'heure de dîner et que le montant maximum de la note de frais avait notablement augmenté avec l'arrivée de De Luca, ils pouvaient aussi bien se permettre un restaurant de luxe comme le Diana, "n'est-ce pas, ingénieur ?"

– Un coup d'œil au chariot des viandes du pot-au-feu, ingénieur ? Au point où on en est…

De Luca secoua la tête, mais ensuite il le laissa commander pour lui aussi et choisir les différents morceaux que le serveur taillait avec un grand couteau effilé, tandis que l'un et l'autre, le serveur et Giannino, hochaient la tête avec conviction.

De Luca ne goûta qu'un morceau de bœuf et un demi-cube de crème frite que Giannino avait insisté pour lui faire prendre, puis il posa les couverts sur un côté de l'assiette, comme pour dire qu'il avait fini, et saisit la chemise.

– Mais comment vous faites, ingénieur, vous vivez d'air et de travail ? Et heureusement qu'on la lui a déjà faite, l'autopsie, à la dame, sinon vous vous y faisiez emmener aussi, pas vrai ? Vous savez, on a encore le temps d'aller lui jeter un coup d'œil, on l'enterre demain matin. Oh, eh, je plaisante, vous mettez pas ce genre d'idée en tête.

De Luca soupira, fermant les yeux quelques secondes.

– Dis-moi, Giannino, t'as quel âge ?

– Vingt-deux ans, ingénieur.

– Voilà, et moi plus ou moins quarante. Et depuis combien de temps tu fais ce travail ?

– Lequel ? Celui de policier ?

Il haussa les épaules :

– J'ai commencé aujourd'hui. Si, au contraire, vous voulez dire celui d'espion, continua-t-il sans émettre de son, en l'articulant seulement avec les lèvres, dans une exagération volontaire, depuis plus longtemps que vous, je crois, puis il ajouta : "ingénieur" en recommençant à sourire parce que, l'instant d'avant, il avait cessé de le faire.

De Luca hocha la tête.

– Alors, mettons au clair deux trucs. Dans tous les cas, dans cette enquête, c'est moi le chef et toi l'assistant. On fait à ma manière, à mon rythme, comme je le veux, moi.

– Mais bien sûr, ingénieur.

– Deuxième chose, arrête de répéter "ingénieur" à chaque fois. Tu le dis dans toutes les phrases, c'est énervant.

– D'accord, dit Giannino, et il s'arrêta là.

– En revanche, sur ça, poursuivit De Luca en brandissant la chemise, tu as raison. Il est inutile d'insister, maintenant je le sais par cœur. On ferait mieux de se détendre.

Il se versa un verre de vin et, avant, en versa un aussi à Giannino, qui remercia d'un signe de tête. Puis il prit son assiette de pot-au-feu et la lui tendit, lui arrachant un rire.

– Tu as ce qu'il faut pour développer les photos ?

– Vous ne venez pas de dire qu'il faut se détendre ? Je l'ai au bureau.

– On peut y aller maintenant ? C'est-à-dire, après, quand on aura fini ici.

– Moi oui, mais pas vous. Vous êtes là incognito, même pour nous, vous vous rappelez ? Je vous les amène à la pension demain matin.

– Demain matin, on va aller à l'enterrement pour poser quelques questions aux amis et parents de Mme Stefania. Laquelle est allée, il y a quelques jours, s'installer dans la garçonnière de son play-boy de mari, où elle n'était jamais allée auparavant, en apportant un sac avec le strict nécessaire. Je voudrais comprendre pourquoi.

– D'accord.

– Je voudrais aussi savoir si elle a téléphoné et quand, durant ces jours-là. Dans les papiers de la Criminelle, je n'ai pas vu la demande de relevés, tu peux te les procurer ?

– D'accord.

– Mais, ce soir, je voudrais voir les photographies que je t'ai fait prendre. Je souffre d'insomnie et je m'ennuie, sans rien faire. Tu montes au bureau, moi je t'attends en bas dans la voiture.

– D'accord.

Giannino se laissa aller contre le dossier de la chaise et défit son nœud de cravate, écartant le col de sa chemise.

– Vous prendrez un dessert avec moi, ingénieur ? Ou vous préférez un café ?

– Oui, dit De Luca, oui, un café.

C'était vrai qu'il souffrait d'insomnie. Les derniers temps, il n'avait jamais réussi à s'endormir avant 2 heures du matin, pour ensuite se réveiller tôt après un sommeil malade et intermittent, qui se prolongeait, quand il ne travaillait pas, jusqu'au milieu de la matinée. Et ce n'était pas arrivé très souvent, qu'il doive travailler.

Cinq ans auparavant, on l'avait mis en disponibilité dans la perspective du procès. Le juge d'instruction qui l'avait interrogé avait sur sa table *L'Unità* du 15 juillet 1948, ouverte sur la deuxième page où trônait le titre QUI EST LE COMMISSAIRE DE LUCA, tout en majuscules, au-dessus de sa photo mains dans les poches de son costume sur la chemise noire, et aussi le *Giornale dell'Emilia*, rubrique de Bologne, "Un fonctionnaire de police échappé à l'épuration", en plus petit mais en gras.

Devant, ouvert, son dossier, avec la fiche orange qui aurait dû résumer toute sa carrière dans la police sous le fascisme, mais où manquaient les réponses sur la dernière période, celle de la République de Salò.

Et sur le dossier un carton rigide, recyclage du dos d'une carte de rationnement, portant le titre: "Comité de libération nationale", couvert de lignes tapées avec force à la machine, que De Luca avait essayé de ne pas regarder, comme si ça avait pu lui faire mal.

Il avait pratiquement joué une scène de cinéma muet, sur les conseils de son avocat, un monsieur grand et maigre aux joues pendantes qu'il n'avait rencontré que quelques jours auparavant et que lui avait envoyé il ne savait qui. Il avait essayé de tout lui expliquer, qu'il n'avait jamais été vraiment fasciste, c'est-à-dire qu'il l'avait été comme tout le monde, comme beaucoup au moins, qu'il n'était qu'un policier, un bon, "le plus brillant enquêteur de la police italienne", comme on l'avait appelé autrefois, il résolvait toutes les affaires, il mettait en prison tous les assassins, puis il y avait eu la guerre, le 8 septembre, la République de Salò et il avait recommencé à faire son métier, parce c'est cela qu'il était, et seulement cela, un policier.

Un policier.

L'avocat tenait entre ses doigts une copie du rapport du CLN sur les activités du Bureau de la police politique où De Luca avait servi, transcrit sur le papier blanc d'une carte de rationnement recyclée, mais tout autant rempli de lignes tapées à la machine, et comme, en le lisant, il avait plissé son front aux tempes dégarnies, De Luca avait cessé de raconter, presque à bout de souffle, et avait commencé à dire: "Écoutez, ce qu'il y a d'écrit là, moi en fait vraiment jamais…", mais l'avocat l'avait fait taire en levant une main.

Il lui avait dit que, durant l'interrogatoire du juge d'instruction, à chaque question, sans exception, il ne devrait répondre que par "non" et c'était ce qu'il avait fait.

Les jours suivants et pendant les semaines qui suivirent, De Luca était resté à attendre sans rien faire, pratiquement reclus dans son logement de l'aile du personnel de la caserne de la Sécurité publique, à Nettuno.

Il attendait, étendu sur sa couchette, mains derrière la nuque, couché sur le dos, presque toujours habillé, comme s'il devait être convoqué, ou plus, arrêté, d'un moment à l'autre.

Il attendait.

Mais il ne se passa rien.

Le juge ne le convoqua plus, on ne parla plus du procès, et même l'avocat, il ne le revit jamais. De Luca, de son côté, ne demanda rien.

On ne l'avait jamais suspendu du service, il rentra de sa mise en disponibilité et on le laissa un moment à la caserne, à ne rien faire. De temps en temps on l'envoyait dans quelque poste de police des frontières pour faire un remplacement, toujours dans un bureau. Pendant un an, on le garda à l'école de police comme instructeur, puis le fils d'un partisan fusillé à Parme le reconnut et il retourna dans les limbes de la caserne, à ne rien faire, expédié de temps à autre dans un bureau perdu faire à peine plus.

Un jour, enfin, on l'avait convoqué à Rome au Bureau des affaires réservées, d'où on l'avait envoyé dans un autre siège du Service des informations civiles, puis dans un autre et un autre encore, qui avait sur la porte la plaque d'une société d'import-export, où il avait rencontré le commandeur D'Umberto, ses grandes lunettes, son gilet ouvert sur le ventre rond et sa voix grasse,"Tu vois, De Luca, pour faire flic, il faut un cœur de chien".

De quel service était le directeur, exactement, il ne l'avait pas compris, D'Umberto ne le lui dit pas et il ne demanda rien. Mais quand il lui proposa de collaborer avec eux, incognito, sans accréditation officielle et sous couverture, pour résoudre une affaire de meurtre, De Luca dit "oui" et le répéta, "oui", de la tête et de la voix.

Maintenant, il était là, assis au bord du lit de la chambre de la petite pension du centre où on l'avait logé, à faire passer le ruban de la machine à écrire au-dessus de l'ampoule de l'abat-jour posé sur la table de nuit, doigts serrés sur les bords pour le maintenir tendu et œil mi-clos pour mieux se concentrer dessus.

Il ne trouva que quelques lettres nettes, frappées avec force sur la bande rouge du ruban, la moins usée, justement, car bien qu'assez neuve la bande noire était plus brouillée. Quelques lettres, en majuscules : DOTT. PIRRO ORES.

Elles auraient pu avoir été écrites par n'importe qui et à n'importe quel moment, mais De Luca les confronta avec celles qui avaient été tapées sur le bout d'enveloppe ensanglantée, imprimées avec la même force, et en rouge, et cela signifiait que les touches avaient été frappées ce jour-là précisément, par les doigts souillés de sang de Stefania Cresca assise à son bureau.

Il les recopia sur un feuillet, en notant mentalement de demander une vérification à Giannino. Puis il se mit à fixer les photographies qu'il avait fait développer et les répartit sur le sol, autour du dessin de Tête de Monstre, en se frottant les mains sur les bras parce que, dans la pièce, il y avait un poêle mais il ne l'avait pas allumé, et il faisait froid.

Il avait pratiquement souffert d'insomnie tout au long de ces cinq années mais là, dès qu'il se fut glissé sous les draps, à demi vêtu, juste pour se réchauffer un peu, il plongea d'un coup dans le sommeil et dormit comme un bébé jusqu'au lendemain matin.

Mardi 22 décembre 1953

Le lendemain matin, Bologne était couverte d'une couche de neige si épaisse qu'on aurait dit de la chantilly. Elle était tombée durant la nuit en silence et De Luca ne la remarqua qu'au moment où il sortit dans la ruelle que le gardien venait à peine de dégager, devant l'entrée de la pension.

Giannino l'attendait en voiture un peu plus loin, presque au milieu de la chaussée, parce que les berges de neige couraient le long des portiques, arrondies comme des vagues, et empêchaient de s'approcher pour se garer.

Dans l'Aurelia, le chauffage était allumé mais De Luca s'était lavé avec l'eau glacée de la cuvette qu'il avait dans sa chambre et ça ne suffisait pas de se recroqueviller sur le siège, même en resserrant autour de soi le pardessus. Il pensa qu'il aurait dû se procurer quelque chose de plus épais et peut-être aussi une écharpe, comme Giannino, qui avait remplacé son imperméable molletonné par un manteau couleur poil de chameau, assorti à l'écharpe de cachemire qu'il avait nouée autour du cou, comme un foulard, et glissée dans un pull en V. Pour le reste, toujours égal à lui-même, les cheveux brillantinés et séparés par une raie, et un sourire de publicité.

Il n'avait pas été facile de sortir de Bologne, les pelleteuses de la municipalité n'avaient pas encore libéré les rues et il y avait beaucoup de trams immobiles le long des quais encombrés, que Giannino avait dû contourner. Hors les murs, ça avait été plus simple, sinon plus rapide, et on voyait que Giannino avait du mal à retenir la voiture pour l'empêcher de glisser.

Depuis qu'ils étaient partis, il ne s'était pas tu un instant. De Luca avait réussi à le supporter un peu parce qu'il commençait à s'habituer et un peu parce qu'il lui avait amené les relevés des numéros de téléphone appelés ces derniers jours de la mansarde de la via Riva di Reno. En réalité, le commissaire de la Criminelle les avait demandés tout de suite, même s'ils n'étaient pas dans le dossier crème, et Giannino avait eu vite fait de se les procurer.

Le jour du meurtre, et dans les deux jours précédents, il y avait eu six appels passés et trois reçus. Tous vers le même numéro. Attribué à une pharmacie de la via Galliera, à Bologne.

– Tiens, dit De Luca en sortant de sa poche le bout de papier sur lequel il avait noté les lettres imprimées sur le ruban de la machine à écrire. Tu arriveras à découvrir s'il existe un *dottor* Pirro quelque part ? Pirro Ores, prénom et nom, mais ça pourrait aussi être Oreste, interrompu avant la fin.

Giannino fit une grimace.

– Ça aiderait de savoir de quel genre de *dottore* il s'agit, ingénieur. Docteur en médecine ? En lettres ? En philosophie ? On dit qu'à Rome, on ne refuse à personne le titre de *dottore*, alors, imaginez à Bologne où on en fabrique depuis presque neuf cents ans.

– Oui, mais je ne dis pas seulement à Bologne. N'importe où.

Giannino prit le papier et le glissa dans sa poche.

– *Dottor* Pirro Ores, en Italie et dans le reste du monde, partout. Bon, d'accord, ingénieur, il faudra un peu de temps, mais j'essaie.

Ils mirent une heure et demie à parcourir la soixantaine de kilomètres qui conduisaient à Bondeno et, quand ils y arrivèrent, l'enterrement était presque fini mais il y avait une espèce de réception dans la villa de la mère de Stefania, réservée aux parents et amis. L'idée était de se présenter comme des amis justement, et c'est ce qu'ils firent, des connaissances sans plus de précision, et lointaines en plus, de Stefania ou du professeur, suivant les exigences, mais ça ne servit pas à grand-chose parce que le milieu était si fermé que même les efforts de Giannino pour faire le garçon sympathique ne réussirent pas à arracher plus que quelques phrases de circonstance.

Puis De Luca la vit.

Accrochée au bras d'un petit homme chauve à gros bide, elle avait elle aussi pris quelques kilos depuis la dernière fois qu'il l'avait vue, mais ça ne lui allait pas mal, telle qu'elle était, tout en noir, du chapeau aux bottines, en passant par le mouchoir de dentelle avec lequel elle s'essuyait les joues. De Luca la montra à Giannino d'un signe du menton et, quand elle se détacha du petit homme, il s'approcha d'elle discrètement, lui murmura: "Salut Wanda", et, malgré la voilette, il fut certain de l'avoir vue pâlir.

Elle était tellement habituée à feindre l'accent de Ferrare que désormais il lui venait naturellement de redoubler les *i* pour y faire glisser la langue, alors qu'elle était d'un village près de Salerne et ne s'appelait pas Wanda mais Concetta. Mais c'était elle que les clients trouvaient quand les bordels de la via delle Ocche ou de la via Bertiera accrochaient sur la porte l'écriteau: "Nous avons la Ferraraise." Quand il dirigeait les Mœurs de Bologne, De Luca avait essayé plusieurs fois de comprendre pourquoi les filles de Ferrare étaient si réputées, mais il n'y était jamais parvenu.

Assise sur le siège-divan de l'Aurelia entre De Luca et Giannino, Wanda avait croisé les jambes, la jupe relevée jusqu'au milieu des cuisses, et suivait de la pointe d'un doigt la courbe du genou en frottant lentement les mailles des bas noirs, mais ça aussi, ce n'était que par habitude. Elle parlait sans hâte et sans émotion, comme si elle pensait à autre chose, le regard égaré sur la neige au-delà du pare-brise. C'était ainsi qu'elle livrait ses confidences aux flics, Wanda, et de fait elle avait appelé De Luca "Monsieur le commissaire".

– Arrogante, antipathique, elle se prenait vraiment pas pour une merde. Mario l'a épousée parce qu'elle était tombée enceinte quand ils étaient fiancés. Dix-neuf ans elle avait, la fille, lui, je crois vingt-deux ou vingt-trois. À part que c'était vraiment pas le genre à s'en foutre, il a été obligé aussi parce que son père à elle, qui à l'époque était encore vivant, il est mort à la fin de la guerre, c'était un type important qui lui avait fait éviter le service militaire grâce à l'université et, quand ça a commencé à mal tourner pour tout le monde, il l'a planqué en Suisse, où il a passé son diplôme. C'était un grand ponte, comme professeur, Mario, vous le savez, non ?

Wanda croisa les jambes dans l'autre sens et recommença à se dessiner le genou, de la pointe du médium cette fois.

– Oui, oui, Stefania, bien sûr. Il n'y a pas grand-chose à dire, on parle plus facilement de Mario que d'elle. Lui, sympathique, elle pas, lui, cultivé, elle pas, lui très actif, plein de centres d'intérêt, elle pas. Jalouse comme une guenon, mais pas seulement de ses maîtresses qui après tout n'étaient pas si nombreuses, c'était plutôt une pose chez lui, un truc qu'on attendait de quelqu'un comme lui, je le sais parce que, quand j'ai arrêté de travailler et que j'ai cherché quelqu'un pour m'entretenir, j'ai tenté le coup avec Mario, on avait des amis en commun, mais il m'a fait comprendre que non, merci. Mais c'est lui qui m'a présentée à Pucci, mon mari, le commandeur Raggi, qui serait aussi un cousin de Stefania. Je ne l'oublierai jamais, vraiment. Bon Dieu, ce jour où il s'est… vous les avez vues, les fleurs sur la route, en venant par ici, un peu avant Malalbergo ? Non, peut-être pas, avec la neige.

Wanda renifla. Elle jeta un coup d'œil vers la porte de la villa en murmurant : "Encore une minute et je rentre."

– Des ennemis ? Tout le monde et personne, mais surtout personne. Pas grâce à elle, c'est juste qu'il n'y avait pas de raisons de lui donner de l'importance. Des amis ? Pareil. Moi, je suis allée dîner chez elle deux fois depuis la mort de Mario, Pucci se sentait en devoir de rester proche d'elle, on se connaissait depuis un moment et elle ne se rappelait même pas mon prénom. C'est Marcella, monsieur le commissaire, s'il vous plaît, ne vous emmêlez pas. Mais non, attendez, dernièrement elle s'en était fait un, d'ami, et c'était peut-être un peu plus qu'un ami, je sais pas. Aldino Scaglianti. Un ami de Mario, il jouait dans son groupe. Mais Mario ne jouait de rien, c'était un passionné de jazz et, quand il était revenu d'Amérique, il s'était démené pour monter ce groupe de musiciens, tous des types de l'université. Aldino jouait du saxophone. Je le connais parce qu'on est devenus un peu intimes, vous l'avez vu, Pucci, c'est un brave mari, mais c'est pas Clark Gable. Après la mort de Mario, Aldino a changé, en somme on a tous changé, mais lui un peu plus. Il m'a, disons comme ça, larguée et s'est rapproché de Stefania, alors qu'avant ils se détestaient cordialement. Aujourd'hui vous ne l'avez pas vu parce qu'il n'était pas là. Je ne sais pas pourquoi. Bon, d'accord, ce soir il joue au Modernissimo avec le groupe, mais quand même il aurait pu faire un saut.

Wanda décroisa ses jambes et les étendit sous le tableau de bord. Elle lissa ses bas sur ses cuisses, sa robe sur ses bas et le manteau de velours noir sur la robe.

– Je sais pas qui peut l'avoir tuée, Stefania, et je sais pas non plus pourquoi. Maintenant, je dois vraiment y aller.

Giannino regarda De Luca, qui hocha la tête. Alors, il descendit de l'auto et maintint la porte ouverte avec une légère courbette. Wanda glissa sur le siège et sauta dans la neige. Avant de s'en aller, elle tendit le bras vers De Luca.

– Monsieur Le commissaire, je vous donne un coup de main parce que je ne suis plus Wanda la Ferraraise. Pucci, je lui ai dit que je m'appelle Marcella et que j'étais maîtresse d'école à Argelato, n'oubliez pas, s'il vous plaît.

– Arrête, arrête ! Arrête-toi là.

Giannino appuya sur le frein sans trop enfoncer la pédale, car la voiture tendait à glisser vers la droite. De Luca était resté silencieux, tapotant du bout du doigt la feuille des relevés téléphoniques, puis, après Malalbergo, il avait écrasé son front sur la vitre glacée, l'œil fixé sur les arbres qui couraient de l'autre côté de la route et, ainsi, il les avait vues, les fleurs, attachées à un tronc assez haut pour ne pas être recouvertes par la neige. Il tira sur la poignée avant même que l'Aurelia se soit complètement arrêtée et ouvrit la portière.

– Où allez-vous, ingénieur ?

Giannino était resté près de la voiture, de son côté de la route. La neige avait recommencé à tomber.

– Ça vous dérange, si je ne vous suis pas ? J'ai des Roveri aux pieds.

De Luca traversa la chaussée jusqu'à l'arbre, s'enfonçant dans la neige. Il y avait un petit bouquet de fleurs trempées et froissées, tenues par un ruban de satin noir. Il fit le geste de le toucher mais s'arrêta à mi-chemin, puis jeta un coup d'œil de contrôle à droite et à gauche, le long de la route déserte et blanche, et revint à la voiture.

– Trouve-moi quelque chose sur l'accident.

– L'accident ? Lequel ?

– Celui dans lequel le professeur Cresca est mort, il y a deux mois, je crois.

– Pourquoi ? On est là pour enquêter sur un meurtre, une femme noyée dans une baignoire, non ?

– Trouve-moi quelque chose.

– D'accord. Mais je ne comprends pas pourquoi. Ça me paraît une perte de temps, on nous a dit...

– S'il te plaît, fais ce que je te dis.

– D'accord.

Giannino avait trop accéléré, il appuya sur le frein et tira en arrière le levier de vitesse sur le volant pour revenir en seconde. De Luca frissonna car, en marchant sur le tas de neige, il s'était mouillé l'intérieur des chaussures. Il regarda celles de Giannino, très brillantes, presque pointues, avec une petite boucle argentée à la place des lacets.

– De chez qui as-tu dit qu'elles étaient, tes chaussures ?

– Roveri. C'est une boutique qui les fait sur mesure, ils sont très bons. Oh Seigneur, le meilleur de tous, ce serait Fini, mais là, j'y arrive pas avec notre salaire, ingénieur.

– Tu aimes bien t'habiller.

Giannino haussa les épaules.

– Le manteau ?

– Boni. Via Ugo Bassi. Le pull aussi. La chemise, elle, c'est chez Fiorini. Mais pas sur mesure, en prêt-à-porter.

– Tu dois avoir beaucoup de succès auprès des filles.

– Je ne me plains pas.

– Une fiancée ?

– Rien de sérieux.

Il avait de nouveau trop accéléré. Il freina un peu plus fort et l'auto eut une embardée, à peine, mais avec le volant à droite De Luca se sentait au milieu de la route et il s'agrippa d'instinct à la poignée. Il attendit un peu, en silence. Giannino aussi, bizarrement, se taisait.

– Qu'est-ce que tu fais, ce soir ? demanda De Luca sans crier gare.

– Moi ? Je ne sais pas, je crois...

– Emmène-moi écouter un peu de musique, allons au Modernissimo.

Giannino lança un coup d'œil à De Luca mais abaissa tout de suite le regard sur le doigt qui indiquait le relevé des appels depuis la mansarde, toujours au même numéro.

– La pharmacie Scaglianti. Ou bien Mme Stefania a eu un accès de grippe ou bien il y a quelque chose de bizarre. Allons échanger quelques mots avec Aldino, ils jouent ce soir, non ?

– Oui, oui, bien sûr, dit Giannino, et il freina encore, parce qu'il avait encore trop accéléré.

Sur le tract collé à la porte d'une des salles au-dessus du cinéma-théâtre Modernissimo était écrit "Alma Mater Dixie Jazz Band".

Ils étaient cinq, tous en costume noir à larges rayures, serrés sur une estrade au fond d'une pièce carrée, rapetissée par la fumée et l'obscurité, en même temps qu'agrandie par le fait d'être presque vide. Ils jouaient avec concentration, les yeux fermés, comme hypnotisés, même quand ils ne soufflaient pas dans le trombone ou dans le cornet à pistons, mais il y avait quelque chose de tordu dans leur musique, quelque chose qui boitait dans le piano cherchant à suivre la mélodie ou dans les balais qui raclaient les cymbales.

Même De Luca s'en aperçut et Giannino le lui confirma tandis qu'ils allaient s'asseoir dans un coin au fond, "Ils veulent singer le Magistratus*, mais les gens de cet ensemble, ils sont exceptionnels, alors qu'eux, là, ils sont nuls". Un sourire de satisfaction lui échappa quand un blondinet au visage rond commença à souffler dans son saxo.

---

* Le Magistratus Jazz Band est un célèbre ensemble amateur bolonais, qui de 1952 à 1972 accueillit des artistes comme Pupi Avati ou Paolo Conte.

– Si c'est lui, notre Aldino, ingénieur, espérons qu'il se débrouille mieux comme pharmacien que comme musicien.

Puis elle arriva.

Ils ne l'avaient pas remarquée parce qu'elle était assise sur une chaise près de l'estrade, dans le noir, et même quand elle monta et s'approcha du micro, ils n'y firent pas très attention, tous deux distraits par le blond qui jouait mal du saxo.

Mais quand elle commença à chanter *I'll Never Be The Same*, Giannino tourna d'un coup la tête, comme secoué, et resta un instant bouche bée, avant de murmurer : "Sainte Mère, ingénieur, les autres ils sont nuls mais elle, elle est très bonne."

Elle l'était, certainement, elle chantait d'une belle voix douce et profonde, et le faisait d'une manière passionnée, penchée en avant, les lèvres effleurant le cylindre massif du micro comme pour l'embrasser, mais De Luca avait détourné son attention vers autre chose.

Jeune, jolie, les cheveux noirs en chignon sur la nuque et une robe, noire elle aussi, qui descendait, droite et sobre, à peine au-dessous du genou. Mais, avant tout, il avait noté la peau sombre, pas au point d'être noire mais assez pour ne pas être blanche.

"Faccetta Nera", pensa De Luca.

Quand elle finit de chanter, Giannino se déchaîna en un applaudissement qui entraîna ceux des gens dispersés sur les chaises dans la salle. La jeune femme regarda dans sa direction, une main sur le front pour se protéger de la lumière d'un petit projecteur qui éclairait l'estrade, puis elle souffla un baiser sur la paume de sa main.

– La Lena Horne italienne, ingénieur, croyez-moi. Ou, plutôt, la Lena Horne bolonaise, vu sa prononciation. Mais elle chante bien, Seigneur Dieu, elle chante bien, elle l'a fait très triste, ce morceau, j'en suis tout ému.

“Bravo!” cria Giannino, et la fille sourit. Elle se mit d’accord avec le blond au saxo, puis se leva et s’accroupit sur ses talons pour ôter ses chaussures, tandis que l’autre claquait des doigts pour donner le tempo aux autres. Sur la pointe des pieds, parce qu’elle n’arrivait plus à la hauteur du micro, elle suivit l’introduction du morceau les yeux fermés, sans même les ouvrir quand elle commença à chanter.

– *Stormy Weather*, murmura Giannino. Qu’est-ce que je vous disais, la Lena Horne bolonaise…

Mais ça ne dura pas longtemps, car à la fin de la strophe le blond adressa un signe à la fille, qui ramassa ses chaussures et descendit de l’estrade pour se rasseoir.

Giannino attendit un peu, toujours plus agacé, puis il tapa sur l’épaule de De Luca.

– Vous verrez qu’à la fin ils vont tous descendre au café du Modernissimo. Qu’est-ce que vous en dites, ingénieur, on l’attend là, notre Aldino ?

Ils attendirent moins d’une heure, assis à une table près de l’entrée, de manière à ne pas manquer Aldino même s’il fonçait droit vers le portique sans s’arrêter au café.

Les premiers à descendre furent le pianiste, le batteur et la fille, qui resta au comptoir tandis que les autres s’installaient à une table à côté d’un arbre de Noël, raflant des chaises à ajouter à celles qui y étaient déjà.

– Tu me donnes vite fait une petite bière ? On m’attend à la maison… dit la fille au barman, puis elle remarqua Giannino qui battait silencieusement des mains à son intention et elle lui souffla un autre baiser sur la paume.

– La Lena Horne italienne, dit De Luca – et elle sourit. Elle but une gorgée de bière puis s’approcha.

– Vous le dites pour de bon ? demanda-t-elle. Ou c’est juste parce que j’ai chanté *Stormy Weather* ?

De Luca haussa les épaules, sans savoir quoi répondre, et jeta un coup d’œil rapide à Giannino.

– Il le dit pour de bon. L'ingénieur ici présent est un grand imprésario et il s'y entend, il n'a pas dit Billie Holiday parce qu'il vous a entendue chanter *I'll Never Be The Same.* Mais, si vous permettez… vous les avez chantées très tristes… bien sûr, elles sont mélancoliques, mais vous…

– J'ai perdu un ami récemment, coupa la fille, et à la façon dont elle plongea les lèvres dans la mousse de la bière, De Luca comprit qu'elle n'en dirait pas davantage.

– Ingénieur Morandi, se présenta-t-il en tendant la main.

– Claudia.

– Et moi, c'est Giannino. Vous vous asseyez une minute avec nous ?

– Je voudrais bien mais on m'attend à la maison.

– Nous aimerions vous entendre encore, pas vrai, ingénieur ?

De Luca hocha la tête et Claudia sourit.

– Avec l'Alma Mater ? demanda-t-elle, puis elle vit l'expression de Giannino et sourit encore. D'habitude ils sont meilleurs, ajouta-t-elle.

– Je me trompe, ou le saxophoniste est un peu jaloux ? demanda De Luca. Comment s'appelle-t-il ?

– Aldino. Aldino Scaglianti, c'est le chef de l'ensemble. Et lui aussi, d'habitude, il est meilleur que ça. En tout cas, avec l'Alma Mater, il n'y a rien de programmé avant un moment. Moi, je chante au Cercle culturel des traminots pour le réveillon de Noël, le 25. Mais c'est autre chose. Oh mon Dieu, voilà mon tram !

Elle salua de la main et se serra dans son manteau, frissonnant par anticipation du froid à venir, et sortit en courant vers le tram qui s'était arrêté devant son arrêt.

– Maintenant j'ai compris, dit Giannino. C'est la petite négresse du professeur… comment elle l'appelait, la lavandière ?

"Faccetta Nera", pensa de nouveau De Luca, mais il ne le dit pas.

– Faccetta Nera, dit Giannino – et il rit.

Puis, à l'improviste, il pâlit. Il se leva, tournant le dos à la salle, et prit De Luca par un bras, en le tirant discrètement pour qu'il fasse de même.

– Allons-nous-en, ingénieur, chuchota-t-il.

– Pourquoi ? Nous devons attendre.

– Vous payez vous, ingénieur. Je vous attends dehors.

De Luca ne comprenait pas. Aldino venait juste d'entrer avec le reste du groupe. Il se tenait un peu en arrière, avec un homme chauve à lunettes, de petite taille comme lui, et Giannino était déjà dehors, menton enfoncé dans le col du manteau, visage à moitié dissimulé par l'écharpe. De Luca laissa tomber un peu de monnaie sur la table, à côté de la tasse de café qu'il avait pris, et sortit.

Il allait dire quelque chose mais Giannino lui agrippa de nouveau le bras et le tira vers lui, le contraignant à le suivre derrière la colonne d'un portique, presque dans la neige accumulée par les déblayeurs.

Du café venaient de sortir Aldino et le chauve, eux aussi engoncés dans leurs manteaux à cause du froid. Ils traversèrent la rue en courant, vers une petite Topolino noire, et se ruèrent à l'intérieur. L'homme chauve était au volant et il partit en vitesse.

– Alors ? demanda De Luca, impatient.

– Alors, vous avez vu qu'Aldino était avec un type, non ? Vous le connaissez, ce type-là ?

– Non.

– Voilà, et lui de son côté ne vous connaît probablement pas non plus, vu que vous êtes nouveau. Mais il est possible qu'il me connaisse, moi, et s'il m'avait vu, nous aurions tout fait merder, comme disent les gens bien élevés.

– Pourquoi ?

– Parce que cette tortue chauve est lui aussi un espion, ingénieur. Il s'appelle Amleto Giorgini. C'est un collaborateur des services d'espionnage russe.

Mercredi 23 décembre 1953

Deux coupures de journaux.

– Deux coupures de journaux ?

– Je n'ai rien trouvé d'autre, ingénieur.

Deux coupures de journaux. Toutes deux du *Giornale dell'Emilia*, parues à un jour d'intervalle, les 20 et 21 octobre 1953.

TRAGIQUE ACCIDENT SUR LA ROUTE DE FERRARE, la première, sur trois colonnes.

DEMAIN À FERRARE LES OBSÈQUES DU PROFESSEUR CRESCA ET DE SON NEVEU, la seconde, deux colonnes et demie.

– Deux coupures de journaux !

– Ingénieur, j'ai fait ce que j'ai pu. C'est bientôt Noël, même si vous n'y pensez pas. Et d'ailleurs, attention, ne vous mettez pas de drôles d'idées en tête pour demain, moi je rentre dans ma famille à Florence, nous on fait la sainte messe le 24 et le dîner le 25.

Dans la première coupure, il y avait la dynamique de l'accident, brève et tout au conditionnel. La voiture du célèbre professeur Cresca, avec à bord son neveu de douze ans, aurait tenté un dépassement hasardeux qui l'aurait fait entrer en collision frontale avec un camion qui arrivait dans le sens opposé. Aussi bien le professeur que l'enfant étaient morts sur le coup.

– Maintenant, il m'a semblé comprendre que vous n'en avez pas grand-chose à faire, de la sainte messe, mais si vous vouliez venir pour le déjeuner chez nous le 25, vous êtes le bienvenu, vraiment.

La seconde coupure était presque identique, mais était passée à l'indicatif. En outre, il y avait le détail des funérailles, une allusion à l'enfant que le professeur accompagnait pour des vacances à Ferrare, et le nom du chef de la police routière qui avait fait les relevés.

– Pourquoi souriez-vous comme ça, ingénieur ?

– Parce que le destin a beaucoup d'humour. Emmène-moi à la caserne de la police routière. Il reste deux jours avant Noël, il doit bien y avoir encore quelqu'un, non ?

Il n'avait pas changé, l'adjudant Pugliese, il avait vieilli. Petit, nez crochu, cheveux rares lissés en arrière par la brillantine en touffe bombée sur la nuque, il ressemblait non pas tant à un corbeau qu'à une corneille. Moins noirs que gris, les cheveux, le manteau, le visage aussi, un peu.

À la caserne de la police routière de Bologne, un agent avec des bottes et une ceinture serrée à la taille comme un torero avait répondu que l'adjudant avait pris ses vacances de Noël.

À l'adresse de Pugliese, piazza Santo Stefano, le gardien de l'immeuble avait rétorqué que le chevalier était certainement sous le portique à côté de l'église, à fumer un cigare, malgré le gel, comme le père Marella qui demande l'aumône même sous la neige, dit-il. Et, de fait, il avança sur le seuil de la grande porte et le lui montra, “le voilà”, appuyé des deux bras à la balustrade entre les colonnes, à observer la place.

Quand Pugliese vit arriver De Luca, il ne le reconnut pas tout de suite, parce que lui, oui, il avait changé, mais il ne lui fallut pas longtemps, le temps de plisser le front et d'écarter les bras.

– Commisa', j'y crois pas… c'est vous !

Il retira un gant mais il ne la lui serra pas, la main, il la serra dans les deux siennes, l'une nue et chaude, l'autre de cuir froid et trempé, et De Luca se laissa aller à un sourire si large qu'il en eut les larmes aux yeux.

– Je vous ai appelé comme il faut ? Vous êtes encore commissaire, ou je me trompe ?

– Presque. Même si on m'appelle "ingénieur". Mais ne me demandez pas le nom du service, parce que je ne l'ai pas compris.

Giannino était devenu nerveux. Pugliese lui lança un coup d'œil amusé et puis revint à De Luca, le regard ironique et ce sourire sous son nez crochu qui le faisait de nouveau ressembler à un corbeau. Le fort accent méridional semblait lui aussi ajouter une note sarcastique.

– Je vous ai connu commandant d'une équipe de la police politique, puis commissaire à la Criminelle, puis vice-commissaire aux Mœurs, rappela-t-il avec un geste circulaire vers l'arrière, et maintenant vous voilà barbouze. Comment avez-vous fait pour savoir que j'étais là ?

– Nous sommes passés d'abord à la caserne…

– Et on vous y a donné l'adresse de mon domicile ?

– Non, mais ce garçon, là, est très fort pour dénicher des informations.

Un autre regard à Giannino, qui était toujours plus nerveux, puis Pugliese souleva son chapeau, inclinant à peine la tête et haussa les épaules.

– Vous êtes venu m'offrir un travail, commissa' ? Dans deux semaines, je pars à la retraite.

Il y avait une canne accrochée à la balustrade de métal du pont, que De Luca ne repéra qu'à cet instant, et il nota que Pugliese semblait d'une raideur peu naturelle.

– Non, c'est pas pour ça. J'ai un tendon abîmé par une balle que je me suis prise en Sicile, quand je donnais la chasse au bandit Giuliano, mais pour le travail de bureau je me débrouille très bien. C'est juste que j'en ai eu assez, et alors j'ai profité d'une occasion, on m'a compté double les années de guerre, la collaboration avec la Résistance, on y a ajouté les blessures et voilà, j'y suis.

– J'ai du mal à vous imaginer hors de la police.

– Moi, c'est pareil avec vous, commissa'.

Pugliese glissa la main nue dans la poche du manteau et sortit une boîte de cigares toscans. Il la tendit à De Luca, qui secoua la tête, puis à Giannino, qui fit de même. Lui, en revanche, il en alluma un, les yeux fermés à cause de la fumée âcre de l'allumette sur le tabac.

– Vous êtes venu me dire bonjour, commissa' ? Si c'est ça, ça me fait plaisir, venez chez moi que je vous offre un café.

– Je voulais parler de l'accident dans lequel est mort le professeur Cresca.

Pugliese souffla la fumée puis se retira de la lèvre une miette de tabac.

– Un sale accident, il y avait aussi un enfant. La 202 du professeur s'est encastrée dans un vieux Dodge du temps de la guerre qui est plus près du char d'assaut que du camion. Morts sur le coup.

– Une 202, dit Giannino, un de ces petits coupés sport de Cisitalia, très dangereux.

– En effet. Je n'ai pas grand-chose à dire, commissa', c'est la police routière de Ferrare qui s'est pris l'affaire, question de compétence. Moi, je n'ai fait que les premières constatations, parce que nous sommes arrivés les premiers.

– C'est justement ces constatations qui m'intéressent.

Pugliese revint s'appuyer à la balustrade. Il semblait intéressé par les dunes de neige qui couvraient la place devant l'église.

– On dit qu'il va encore neiger. Qu'est-ce que vous en pensez, vous, commissa' ?

De Luca hocha la tête, car il avait compris. Il regarda Giannino, qui avait compris lui aussi mais faisait semblant que non. Il fallut un signe de la main, souligné par un autre plus décidé, pour que Giannino soupire, “Je vais me boire un petit Cinzano”, et traverse la rue en direction du bar d'en face.

De Luca s'appuya lui aussi à la balustrade. Il vit un mégot de cigare enfoncé dans un trou de la neige.

– Je ne me rappelais pas que vous fumiez, adjudant.

– C'est nouveau, en effet. Qu'est-ce que vous voulez savoir, commissa' ?

– Tout ce qu'il y a eu de bizarre dans l'accident. S'il y a quelque chose de bizarre, évidemment.

– Vous l'avez dit, s'il y a quelque chose. Parce qu'il n'y a rien de particulier, commissa'. Le professeur aimait rouler vite, il avait un petit coupé qui fonçait, il a essayé de dépasser une voiture et s'est écrasé sur un camion qui venait en face. La dynamique est très claire.

– Des témoins ?

– Le père, la mère et le fils qui se trouvaient dans la familiale devant, celle que le professeur voulait dépasser. Le fils était à genoux sur le siège arrière et il regardait par la vitre arrière, il jouait à distance avec le neveu du professeur, ils avaient plus ou moins le même âge. Ils ont failli être percutés eux aussi. Et heureusement qu'il y avait un motocycliste, entre les deux voitures, qui était déjà parti, sinon ils l'auraient balayé comme une feuille.

Pugliese haussa les épaules et secoua la cendre du cigare dans le canal.

– Tout est clair, commissa'.

– Et alors, pourquoi avez-vous cette expression, adjudant ?

– Ce qui ne colle pas, c'est le camionneur. Attention, hein, un brave homme, sans antécédents, en règle avec le permis et la licence de transport, c'est pas ça, commissa'. Après l'accident, il était bouleversé, il n'arrivait même pas à parler, il pleurait et c'est tout. Nous avons compris que c'était à cause de l'enfant. Oh Seigneur, l'accident était terrible de toute manière, la voiture s'est fourrée sous le camion et pratiquement…

De sa main gantée, il fit un geste coupant sous son menton.

– Le chauffeur disait que ce n'était pas sa faute, qu'il lui avait foncé dessus, les trucs habituels. Puis on a sorti l'enfant et c'est alors qu'il a commencé à perdre la boule.

– Ça me semble naturel.

– Oui, et en fait c'est pas ça non plus, commissa'. C'est après. Le dossier était clos, tout était de la faute du professeur, on n'a même pas retiré son permis un seul jour au camionneur, mais lui, deux semaines après, il est venu me voir à la caserne. Il était encore bouleversé et il a dit qu'il voulait parler. Vous voyez les gens qui ont quelque chose à l'intérieur d'eux, commissa' ? Qu'est-ce qu'on en a vu… Ils veulent parler mais ils n'y arrivent pas. Voilà, même lui n'y a pas réussi, il est reparti, mais à sa tête on voyait très bien qu'il reviendrait.

– Et il est revenu ?

– Non, parce qu'il est mort. Il est tombé dans la cage de l'ascenseur de son immeuble, du cinquième étage. Il a ouvert la porte, a fait un pas et a dégringolé en bas parce que l'ascenseur n'était pas là. Une panne, ça arrive.

Toujours ce sourire ironique sur le bec. De Luca soupira car il s'était rappelé de ça aussi, la manière théâtrale qu'avait Pugliese de raconter. C'était comme s'il disait : "Maintenant, on arrive au plus beau."

– Qu'est-ce que je dois faire, Pugliese ? Je dois vous poser une question ?

– Demandez-moi à quel étage habitait le camionneur, commissa'.

– À quel étage il habitait ?

– Au premier.

De Luca plissa le front. Il releva la tête et vit sur une terrasse un homme déguisé en père Noël qui avait tiré sa fausse barbe sous son menton et, en l'écrasant contre sa poitrine pour ne pas la salir, mangeait une assiette de tagliatelles.

– Vous ne pouvez pas me faire avoir le rapport sur l'accident ?

Pugliese souffla sur le bout du cigare, car dans la discussion il s'était éteint.

– Comme je vous l'ai dit, commissa', il y a eu un conflit de compétence, plutôt inhabituel, mais peu importe. C'est la Routière de Ferrare qui s'est pris tout et a conclu l'enquête en deux jours.

– Vous n'allez pas me raconter que vous n'avez pas gardé une copie des pièces.

– Et je vous le raconte pas, de fait. J'ai quelques notes tapées à la machine, l'interrogatoire de la famille dans le break, pas grand-chose. Si vous les voulez, volontiers… j'imagine que je ne peux pas vous les expédier par porteur, pas vrai ?

De Luca réfléchissait et ne remarqua pas le sourire. Il regardait la neige.

– Je passerai, moi, à la caserne.

– Je n'y suis plus, à la caserne, je suis un fantôme désormais, je pars à la retraite. Et de toute manière je les emporte, les documents. Si vous venez chez moi, je vous offre aussi le café que je vous ai dit. Ma femme est d'ici, mais elle le fait bien quand même.

– Vous êtes parti longtemps, ingénieur.

– J'ai pris un café avec un vieil ami.

– On pouvait le prendre ensemble. En effet, vous aviez l'air de vous connaître depuis longtemps. Vous avez travaillé avec lui ?

– C'est arrivé deux, trois fois.

– Et puis ?

– Et puis, nous avons fait une connerie. C'est un terme technique de la police, quand quelqu'un arrive du dehors et qu'on comprend que c'est par punition, on dit qu'il a sûrement fait une connerie. Nous avons arrêté quelqu'un qu'il valait mieux ne pas toucher.

– Voilà, ingénieur, je ne voudrais pas que nous en fassions une nous aussi, de connerie. On nous a dit d'enquêter sur le meurtre de Mme Cresca, non ? Et alors…

– C'est précisément ce que nous sommes en train de faire.

Giannino n'avait pas encore tiré sur le levier de démarrage, il était resté penché vers le tableau de bord pour parler, mais quand De Luca lui jeta les feuilles sur les genoux, il se recula. La neige avait commencé à tomber et il lui fallut allumer le plafonnier et aussi les soulever pour réussir à les lire dans la pénombre hivernale. De Luca lui montra l'endroit, un paragraphe gravé par les caractères de la machine à écrire de Pugliese.

C'était le témoignage de la famille du break et il concernait l'enfant assis à l'arrière. Il jouait avec le neveu de Cresca qui se trouvait dans la 202, tous les deux tiraient avec deux doigts sur la personne qui roulait entre eux deux, sur une grosse moto. D'après l'enfant de la familiale, eux deux étaient les cow-boys et l'autre un Indien méchant. Ils s'en prenaient à lui pour un motif précis.

Il avait un visage monstrueux.

– Un visage monstrueux, Giannino. Une tête de monstre.

Jeudi 24 décembre 1953

Ça semblait absurde, mais ce visage lui rappelait quelqu'un. Même dessiné par un enfant sur une feuille de papier à carreaux, une ligne presque droite pour le menton, une autre plus courbe pour le nez massif et cet œil plus bas que l'autre, si réel et si bizarre, oui, ça lui rappelait quelqu'un.

De Luca avait passé la presque totalité des vingt-quatre dernières heures dans sa chambre de la pension, à tourner autour des photographies éparpillées sur le carrelage, le dessin seul étant accroché au mur, et à feuilleter les pages des rapports étalés sur le lit.

À part le petit-déjeuner au bar sous le portique, il avait oublié de manger et, à un certain moment, même, de remplir le poêle, jusqu'à ce que le froid de la pièce le lui rappelle, plus à cause des volutes de son haleine qui lui brouillaient la vue que des frissons qui de temps en temps surgissaient au milieu de cette agitation qui le faisait vibrer d'impatience.

Si ça avait été comme autrefois, il aurait convoqué tout le monde à la questure, l'un après l'autre, morts compris, pratiquement. Il les aurait interrogés à grand renfort de questions, de menaces, de pièges, avec quelques baffes si nécessaire. Pas lui directement, il y avait toujours le brigadier qu'il fallait, celui que, quand il commençait à retirer sa veste, les repris de justice comprenaient tout de suite et, en général, il n'y avait pas besoin d'aller plus loin.

Mais maintenant tout ce qu'il pouvait faire, c'était aller et venir entre ces quatre murs nus, comme un lion en cage, lit, poêle, chaise et retour, à penser entre ces étapes cardinales de son univers physique. Si au moins Giannino avait été là, le garçon l'aurait emmené faire un tour, mais il s'en était allé la veille au soir, en lui faisant promettre que, s'il changeait d'idée sur le repas de Noël, il lui téléphonerait à Florence, "j'insiste, ingénieur".

À un moment, il en eut assez de rester enfermé là à fixer des empreintes ensanglantées de pieds nus, le visage gonflé de Stefania Cresca ou l'œil oblique de Tête de Monstre. Il était descendu s'acheter une cafetière, parce qu'il y avait un fourneau sur le poêle, mais à cette heure tout était fermé et il s'était fait prêter une cafetière napolitaine par le gardien de l'hôtel. Et comme la neige avait recommencé à tomber à gros flocons silencieux, dans un premier temps il avait renoncé à sortir.

Mais il n'en pouvait plus de rester là. Et il avait déjà compris qu'il ne réussirait pas à dormir comme il l'avait fait les jours précédents. Alors, il sortit quand même, le col de son manteau relevé et serré sous le menton, en profitant des portiques, il mangea un sachet de marrons grillés, parce que les gargouillis de son estomac lui avaient rappelé qu'il avait faim, il manqua de finir sous un tram qu'il n'avait pas vu et à la fin se retrouva piazza Maggiore, devant la cathédrale de San Petronio.

Il y entra et s'assit au bord du dernier banc du fond, bien qu'il fût encore trop tôt pour la messe de Noël et que la cathédrale fût presque vide. Là, recroquevillé sur lui-même comme un fœtus dans ce silence humide, il sentit son agitation se calmer un peu et il recommença à penser lucidement.

Peu de choses, par rapport à tout ce qui lui avait envahi l'esprit. Les plus importantes, même si elles étaient en ordre dispersé.

Tête de Monstre était le lien entre la mort du professeur Cresca et celle de Stefania. Il était présent dans les deux affaires au moment des faits, et ça c'était une certitude.

L'accident du professeur avait été provoqué, et pour le tuer. Ce n'était qu'une hypothèse, mais Pugliese aussi était d'accord.

Simple hypothèse aussi, l'implication du camionneur, qu'il aurait été magnifique de pouvoir interroger, mais il était mort. En tombant d'un étage auquel il n'avait aucune raison de monter vu qu'il s'agissait seulement d'une terrasse sur laquelle les femmes étendaient le linge, Pugliese l'avait vérifié. Hypothèse aussi que le camionneur ait fait une crise parce que, dans l'accident, il avait aussi tué un enfant, dont la présence dans la voiture n'était pas prévue, qu'il ait voulu parler pour soulager sa conscience et qu'on l'ait tué pour cela.

Hypothèse, d'accord, que son instinct et son expérience lui permettaient de considérer comme un peu plus que cela : des pistes à suivre. À grand renfort de questions, de menaces, de pièges et de baffes, s'il l'avait pu.

Les gens commençaient à entrer dans l'église pour la messe. Manteaux, chapeaux, écharpes, fourrures remplissaient peu à peu la longue nef de San Petronio avec un grand brouhaha qui aida De Luca à calmer un nouvel accès d'anxiété. Il resta assis sur le banc, au lieu de sortir, plongé dans une mer d'encens, d'après-rasage, de lavande, d'eau de toilette et de neige, et recommença à penser.

Tête de Monstre devenait le principal suspect de deux meurtres, du moment qu'il était impossible qu'il se soit trouvé là par pure coïncidence.

Mais, mais mais.

Comment avait-il fait pour tuer le professeur ? C'était un enchaînement encore à reconstruire mais plus ou moins direct et immédiat. Mme Cresca, au contraire, il l'avait quasiment torturée. Il aurait pu la tuer en l'étranglant avec le fil du téléphone ou même à mains nues, mais à un moment il avait cessé de s'acharner sur elle et l'avait contrainte à s'asseoir pour écrire quelque chose à la machine, en laissant l'empreinte d'un pied nu sous la table. Ça, ce n'était pas une hypothèse non plus, c'était un mystère.

Et puis, il y avait Aldino, relié à la dame par tous ces coups de fil et qui trafiquait avec les Russes. Et ça aussi, ce n'était pas une hypothèse mais un mystère.

Plongé dans ses pensées, De Luca n'entendit pas le carillon qui annonçait le début de la messe, il ne s'aperçut pas non plus que les gens autour de lui s'étaient levés pour faire le signe de la croix. Il resta là, assis, le dos courbé et les bras étreignant ses genoux, tellement absorbé que, s'il n'avait pas eu le front contracté et les lèvres serrées, on aurait pu croire qu'il priait.

Vendredi 25 décembre 1953

Il n'y avait rien qu'il pût faire, seul, et surtout le jour de Noël, à part une chose. Il y avait quelqu'un avec qui il pourrait parler sans trop attirer l'attention.

Pas tout de suite, néanmoins, il devait attendre jusqu'au soir, et c'est ce qu'il fit, dévoré par une impatience qui le faisait haleter. Quant à téléphoner à Giannino pour le rejoindre à déjeuner à Florence, il n'y songea pas un instant. Il laissa passer la journée tant bien que mal et, quand l'obscurité commença à descendre, sa frénésie devint incontrôlable.

Ce n'était pas seulement le feu sacré de l'enquête, il le savait, il y avait aussi quelque chose d'autre, qui l'avait cueilli par surprise, dès qu'il s'en était rendu compte.

Parce qu'il avait vraiment envie de la revoir, Claudia, et ça oui, ça le faisait sourire d'embarras, presque de honte.

Toutefois, à l'entrée du Cercle culturel des traminots, à côté du comptoir du vestiaire, il y avait un écriteau différent de ce à quoi De Luca s'attendait. Il était écrit "Orchestre Paride Canè", et la chanteuse ne s'appelait pas Claudia mais Franca.

Il était sur le point de s'en aller quand, de l'escalier qui conduisait au sous-sol, arriva une voix et, même si elle chantait en italien et d'une manière différente, De Luca la reconnut. C'était la sienne.

Et, de fait, elle était là, sur la scène du petit balcon au fond du salon aux murs peints comme les portiques d'une place, au milieu d'un groupe de musiciens plus âgés, en manches de chemise et bretelles.

Elle était très différente de la première fois où il l'avait vue. Avec ses cheveux dénoués et sa robe à fleurs, elle paraissait encore plus jeune, et plus petite aussi. De Luca dut se baisser pour la voir sous les guirlandes de Noël qui décoraient l'architrave de l'entrée, tandis qu'il descendait l'escalier, mais ensuite il dut se mettre sur la pointe des pieds et tendre le cou pour la voir par-dessus les têtes des couples qui dansaient. Elle chantait une chanson qui parlait d'oies et de coquelicots*, une chanson joyeuse, et elle la chantait bien, même si elle ne semblait pas s'amuser beaucoup. Sa peau, en contraste avec l'étoffe claire de la robe, semblait un peu plus sombre.

Les guéridons étaient tous chargés de verres de vin plus ou moins pleins, écharpes et châles pendaient aux dossiers des chaises sur lesquelles des filles maigres et boudeuses faisaient tapisserie, mais de toute manière De Luca ne cherchait pas de table. Il lui fallait un coin à l'écart parce que, même si du temps était passé et si l'unique photographie publiée dans les journaux était très différente de son image présente, il valait mieux ne pas attirer l'attention ; il n'aurait jamais dû les fréquenter, les lieux publics bondés. Néanmoins, il voulait aussi regarder Claudia et donc il s'appuya au comptoir du bar, à l'angle du fond, sous l'ombre du balcon, et comme là, il était pratiquement contraint de commander quelque chose, il demanda un café : “Arrosé à la sambuca”, ajouta le barman, et, allez savoir pourquoi, ce n'était pas une question.

Claudia avait attaqué une autre chanson, plus rapide, sur le rythme sautillant d'une mazurka. Elle était en dialecte bolonais et devait être du genre allusif, car elle clignait de l'œil à la fin de chaque strophe et les gens riaient.

Coude sur le comptoir et menton sur une main, De Luca la fixa en essayant de l'imaginer dans la mansarde de

* *Papaveri e papere*, joyeuse chanson enfantine italienne qui joue sur les allitérations.

la via Riva di Reno, avec Cresca, mais à la voir ainsi, une gamine en robe à fleurs, il n'y arrivait pas, il lui fallait se la rappeler telle qu'il l'avait vue la première fois, les cheveux en chignon et dans une robe noire, genre existentialiste, et alors, oui, mais sans trop insister, parce qu'il découvrit avec embarras que ça l'embêtait. Et, quand elle se tourna de son côté et croisa son regard, De Luca baissa les yeux, même s'il était pratiquement impossible qu'elle l'ait vue dans le noir au milieu de la foule.

Mais en fait elle l'avait vu, car à la première pause, quand le micro fut pris par un homme plus âgé avec une barbiche sous le menton, Claudia descendit de la scène et se dirigea vers lui d'un air décidé.

– Je ne m'attendais pas à vous voir ici, dit-elle.

– J'avais envie de vous écouter encore. La Lena Holliday italienne.

– Lena Horne. Ou Billie Holiday.

– C'est exprès, assura De Luca, mais à la rougeur qui lui était montée au front on comprenait que c'était faux.

Et au sourire de Claudia on comprenait qu'elle aussi l'avait compris.

"Minuit à Moscou et pas plus", chantait l'homme à la barbiche en serrant son accordéon, "qui n'a jamais été là-bas, ne peut croire à la joie qu'inspire, tant de neige qui blanchit la ville*".

– Je peux vous offrir quelque chose ? demanda De Luca.

Claudia baissa la tête pour flairer la tasse vide sur le comptoir.

– Vous aussi, vous suivez la mode de l'établissement. Non, merci, je dois retourner chanter – elle montra l'estrade –, celle-là c'est mon père qui la chante mais, après, c'est à moi. Vous avez une préférence ?

* *Mezzanotte a Mosca* ("Minuit à Moscou") est la version italienne d'un tube russe des années 50.

– Je vous laisse choisir, dit De Luca de la manière la plus naturelle possible, mais il avait rougi de nouveau et de nouveau elle avait souri.

Elle lui prit la tasse de café arrosé et vivement but une gorgée de ce qui était resté, parce que l'homme à l'accordéon était en train de finir sa chanson.

– Vous avez laissé tout le sucre avec la sambuca. Merci pour le coup de fouet, je vous dis au revoir, ingénieur…

– Morandi, compléta De Luca.

Puis il tendit une main pour lui prendre un bras, parce qu'elle s'en allait.

– Je voudrais vous parler, dit-il au milieu des applaudissements.

Elle hocha la tête sans le regarder, l'abandonnant au doute, entre la possibilité qu'elle l'ait entendu et celle qu'elle ait envoyé un signe à l'homme qui la fit monter sur l'estrade en lui laissant le micro.

Elle chanta *Bella ciao*, en battant des mains en rythme au-dessus de sa tête et en entraînant tout le monde à l'imiter, y compris De Luca, encouragé par les signes enthousiastes d'un homme portant l'insigne de l'Association nationale des partisans italiens sur sa veste, à côté de celle d'un traminot, qui hurlait "Elle se défend, notre Franchina !", fort, pour se faire entendre.

"Ça fait trop longtemps que je n'ai pas été avec une femme", pensa De Luca, car au lieu de chercher le moment et la manière de lui poser les bonnes questions, pour l'essentiel, il la regardait.

Assise à côté de lui, dans le tram, le manteau boutonné jusqu'au cou et les mains dans les poignets des manches, Claudia parlait en regardant par la fenêtre pour ne pas rater l'arrêt, et donc lui, il pouvait la fixer, la détailler sans se faire remarquer.

Il était frappé par l'ovale du menton, la fine ligne du cou et aussi le duvet noir sous la nuque découverte par un chignon confectionné sans façon avec une épingle à cheveux. D'abord, ce qui avait éveillé sa curiosité, c'était le nez petit et rond, les lèvres fermes mais douces, et les grands yeux très noirs de forme un peu allongée, à peine maquillés. Et avant encore il avait observé sa peau, cette tonalité intense de métisse.

De noter encore une fois les petites rides qui marquaient les coins de ses yeux et de sa bouche l'incita une nouvelle fois à se demander quel âge elle avait, et d'essayer de le calculer le fit revenir à lui.

– Quand même, si je dois choisir, je préfère le jazz, était en train de dire Claudia. Le blues, le swing, le dixie et tous les standards. Je n'en peux plus du répertoire bolonais qui plaît tant à mon père.

La question était ce qu'elle préférait chanter, De Luca la lui avait posée dès qu'ils étaient sortis du Cercle, mais Claudia avait commencé à courir vers le tram, en le tirant par la manche, et elle n'avait pas répondu tout de suite.

Il l'avait attendue jusqu'à la fin du concert, avec l'estomac qui lui brûlait à cause des cafés à la sambuca, il lui avait demandé si elle voulait aller boire quelque chose avec lui mais Claudia avait seulement accepté de se faire raccompagner jusque chez elle. De Luca avait noté les sourcils froncés du barbichu à l'accordéon mais Claudia avait dit : "Je ne suis plus une gamine", et c'était alors qu'il avait commencé à se demander quel âge elle avait. Puis il n'y avait pas eu le temps de s'attarder, parce qu'il était tard et que, puisqu'il n'avait pas de voiture, il ne fallait pas rater les correspondances pour arriver jusqu'à la via del Traghetto.

– Je chante depuis mes treize ans. J'ai commencé dans les rizières, le jour avec les autres repiqueuses de riz et le soir seule, pour les patrons. C'est à ce moment-là que j'ai compris que c'était ce que je préférais faire. Plus que l'amour même, précisa-t-elle avec naturel, sans regard allusif, en fixant la route à travers la vitre. Puis mon père a monté l'orchestre et j'ai commencé à en faire un métier.

– Et le jazz ? demanda De Luca. Comment c'est arrivé ?

Il connaissait la réponse mais c'était la question qu'il cherchait, enfin la bonne.

– C'est un ami qui me l'a fait connaître. D'après lui, j'avais la voix qu'il fallait. Il m'a fait écouter des disques… et je suis tombée amoureuse.

Elle frissonna, en se pelotonnant dans le manteau. Glissant sur le banc du tram, elle se colla à De Luca, toujours avec naturel, sans regard allusif. Elle releva aussi ses jambes, glissant les genoux sous les pans du manteau, comme une fillette. De Luca résista à l'envie instinctive de les embrasser, parce que, lui, ça n'aurait pas été aussi naturel.

– Le professeur Cresca, j'imagine, hasarda-t-il. On m'a dit que c'est lui qui a inspiré l'Alma…

– Oui, coupa Claudia. À la prochaine, on descend et on change.

Elle s'était assombrie et à sa façon de serrer les lèvres, l'air sérieux, De Luca pensa que s'il ne retrouvait pas le contact, elle garderait le silence durant tout le voyage.

– Claudia ou Franca ? demanda-t-il.

À son sourire, il devina qu'il avait renoué.

– Claudia, c'est mon vrai nom. Franca, c'est celui que j'avais chez les partisans. Mais mon père l'aime mieux et tout le monde m'appelle comme ça.

Un moment, De Luca se sentit perdu. Parce qu'il avait noté mentalement de demander à Giannino de faire une recherche dans les papiers de l'ANPI, mais ensuite il s'était demandé si des informations sur Claudia seraient intéressantes pour l'enquête ou juste pour lui.

– Et vous ? Lequel préférez-vous ?

– Claudia. Voilà, on est arrivés.

Ils descendirent du tram et restèrent sur la placette couverte de neige. Claudia frissonna encore et commença à sautiller parce qu'elle portait des chaussures basses. De

Luca lui passa un bras autour des épaules, en la serrant contre lui, et cette fois il le fit avec naturel, car il voyait qu'elle mourait de froid. Il lui aurait donné son écharpe ou son chapeau, s'il en avait eu, et de toute manière, dans son imperméable, lui aussi gelait.

– Cette histoire de jazz m'intéresse, dit-il avec l'air de penser à autre chose, moi aussi je pense que vous êtes une grande interprète. Le professeur Cresca…

Il se tut car il s'était aperçu que Claudia l'observait, ironique.

– Écoute, je sais que tu n'es pas un imprésario musical, lui dit-elle.

– Pardon ?

– D'abord, je n'ai jamais vu d'imprésario sans voiture, et puis tu ne sais pas distinguer Lena Horne de Billie Holiday, mais je parie que tu ne sais même pas qui a remporté le dernier prix de Sanremo. Je me trompe ?

De Luca ouvrit la bouche, essayant d'improviser, mais il se figea tout de suite, parce qu'elle avait murmuré : "Je sais pourquoi tu l'as dit." Et aussi : "Je connais ton secret, ingénieur."

– Tu l'as dit pour m'impressionner. Parce que je te plais, même si tu fais tout pour le cacher.

De Luca poussa intérieurement un soupir de soulagement.

– Oui, dit-il sans effort, aidé par le fait d'être sincère. Oui, c'est vrai. Tu me plais.

Elle ne s'était pas éloignée, elle était restée à son bras, serrée contre son flanc.

– Toi aussi, tu me plais, mais je suis là parce que je meurs de froid et, quand nous arrivons chez moi, tu reprends le tram et tu rentres. Je ne te connais pas, je ne sais même pas comment tu t'appelles. Ne te mets pas de drôles d'idées en tête.

Elle lui avait glissé une main dans la poche et avait commencé à chanter *Non ti fidar di un bacio a mezzanotte*,

“Ne te fie pas à un baiser à minuit”, mais elle s’arrêta d’un coup, tirant le bras en arrière et se détachant brusquement.

– Tu as un pistolet.

– Mais non, voyons…

– Je connais les armes, tu ne sais pas combien j’en ai trimbalé comme ça. Tu as un pistolet.

– Écoute, Claudia…

– Pourquoi tu as un pistolet ? Qui es-tu ? Pourquoi tu m’as posé toutes ces questions sur Mario ? T’es quoi, un policier ?

– Mais non, Claudia, je…

Il ne savait pas quoi lui dire. On aurait dit une personne différente. Dure, les lèvres serrées, sculptées dans la pierre, elle ne tremblait même plus de froid. Elle n’avait fait que deux pas en arrière mais c’était comme si elle se trouvait au fond de l’abri, sous le portique de l’autre côté de la rue, loin.

De Luca essaya.

– Je ne suis pas un policier. Je suis un enquêteur des assurances. J’enquête sur la mort du professeur Mario Cresca parce que je pense qu’il ne s’agit pas d’un accident.

Voilà, c’était fait, il avait lancé l’appât au bout de l’hameçon. Ne restait plus qu’à attendre et De Luca le fit, le regard plongé dans celui de Claudia. Elle ne le baissa pas non plus.

– Tu m’as trompée. La musique, le jazz, le fait que je te plaise, que des bobards. Tu te sers de moi.

Un instant plus tard, elle était vraiment de l’autre côté de la rue, sous le portique, à y attendre le tram pour la via del Traghetto. De Luca comprit qu’il était inutile de la rejoindre, inutile d’insister. Il l’avait perdue.

– Tu me plais vraiment, dit-il, mais elle lui avait tourné le dos et il n’était pas sûr qu’elle l’ait entendu.

De Luca se retourna et s’éloigna, dos voûté sous son imperméable, mains plongées dans les poches, l’une sur ce stupide pistolet inutile qu’il trimbalait toujours, lui-même ne savait pas très bien pourquoi.

Il était presque arrivé à la pension quand il découvrit qu'il était suivi et alors, il fut bien content de l'avoir en poche, ce stupide pistolet.

Il avait besoin de réfléchir et, comme le tram les avait laissés encore à l'intérieur des murs, De Luca avait renoncé à l'idée de trouver un taxi, il s'était fait indiquer la direction par un groupe d'étudiants portant des chapeaux à pointe, l'un d'eux étant déguisé en prêtre, car ils s'apprêtaient à célébrer une messe de Noël parodique, et il avait poursuivi à pied.

Il n'avait pas beaucoup réfléchi, plongé qu'il était dans une confusion de sentiments qui l'excitait et l'épuisait à la fois.

Puis, à un moment, il l'avait entendu.

Un craquement de pas sur la neige glacée, dans son dos, qui avait cessé à la seconde où il avait sorti le menton de son col pour commencer à se tourner.

De Luca se raidit en frissonnant, car il l'avait reconnu, ce silence soudain.

C'était le bruit de qui ne veut pas faire de bruit.

Et de fait, une fois qu'il s'était retourné, il n'avait vu personne sur la portion mal éclairée du portique, juste le souvenir d'un mouvement resté tout au fond du coin de l'œil, une ombre qui disparaissait derrière les colonnes.

Dans sa poche, il serra le petit Beretta. Il aurait voulu le sortir et s'approcher de la colonne pour voir qui était là, mais s'en abstint. Il regarda autour de lui, le portique parallèle de l'autre côté de la rue, le virage au bout de la ligne droite qu'il suivait, mais il n'y avait personne. Il savait que ça ne signifiait rien, cette absence. Ce pouvait être celle de qui ne veut pas se faire voir.

Il reprit sa marche, main plongée dans la poche, menton et épaules endoloris par la tension, oreilles tendues. Il haletait entre ses dents entrouvertes.

Il avait peur.

Au coin de la rue, il tourna et s'aplatit contre le mur en sortant le pistolet. Maintenant, il les entendait de nouveau, les pas, ils venaient vers lui, mais plus rapides et décidés, comme si on se dépêchait pour ne pas le perdre. De Luca débloqua la sécurité de l'automatique dans un bruit sec métallique et leva le bras pour pointer le pistolet, mais les pas s'étaient arrêtés d'un coup.

Mais il y avait bien quelqu'un.

Il voyait la vapeur de son souffle dépasser l'arête du mur, une respiration rapide, apeurée. Alors, il décida de bouger, fit un pas jusqu'à l'angle et poussa en avant le pistolet, prêt à tirer.

C'était Claudia.

De Luca leva le bras si vite pour lui ôter le pistolet du visage qu'il faillit lui échapper pour de bon, le coup de feu. Elle, en revanche, ne bougea pas, les mains plaquées sur la bouche, les yeux écarquillés, jusqu'à ce que De Luca eût rempoché le pistolet. Il tendit une main vers elle, qui se déroba, faisant un pas en arrière.

– Tu m'as suivi, lui dit-il. Pourquoi ?

– Vraiment, tu ne crois pas que c'est un accident ?

– Non.

– Tu ne penses pas qu'il s'est tué lui-même, n'est-ce pas ?

– Non.

– Et alors, je sais qui c'est. Stefania, sa salope de femme.

À l'intérieur, il faisait presque plus froid que dehors. De Luca avait oublié de laisser le poêle allumé et, même après qu'il l'eut rempli de charbon, on comprenait qu'il faudrait un bon moment avant que la chambre se réchauffe.

Claudia lui avait demandé à boire, peut-être quelque chose de fort, mais il n'y avait rien, une cigarette alors, mais il ne fumait pas.

– Tu as bien un vice, non ?

– Je bois beaucoup de café.

Puis De Luca s'était souvenu avoir vu un bar aux lumières encore allumées, en bas sur la placette au fond du portique, il était descendu en courant et revenu avec un paquet de Nazionali et une bouteille de Strega, car le bar était en train de fermer et c'était tout ce qu'il avait réussi à acheter.

Il trouva Claudia assise sur le lit, les bras serrés autour des genoux, le manteau fermé jusqu'au cou et les jambes enveloppées d'une couverture. Elle avait ôté ses chaussures et ses bas, lesquels étaient étalés sur le dossier d'une chaise, à côté du poêle, les escarpins posés sur la plaque de fonte, comme pour les faire cuire. Elle avait éteint le lustre et allumé l'abat-jour sur la table de nuit qui, avec les réverbères au-delà de la fenêtre, laissaient la pièce dans une pénombre douce, aux contours indéfinis. Elle reniflait sans qu'on puisse comprendre si elle était enrhumée ou si elle avait pleuré.

De Luca lui alluma une cigarette et lui tendit un verre de Strega, qu'elle goûta en grimaçant pour ensuite hausser les épaules.

– Je m'attendais à pire.

De Luca s'en versa un doigt, secoua la tête quand elle lui tendit le paquet de cigarettes et alla s'installer sur la chaise, de l'autre côté de la pièce. La liqueur douçâtre qui lui réchauffait l'estomac lui donnait envie d'aller s'asseoir sur le lit lui aussi, à côté de Claudia, mais il s'abstint.

– Pourquoi penses-tu que c'est sa femme ? demanda-t-il.

Claudia souffla un filet de fumée entre ses lèvres entrouvertes, s'attardant à l'observer pendant qu'il se dissipait dans l'air froid. Elle essaya de le refaire mais le brisa en toussant.

– Tu as connu Mario, par hasard ? demanda-t-elle, et De Luca secoua la tête.

– Non.

– C'était un type incroyable, exceptionnel. Pour commencer, un génie. Diplômé très tôt, il perdait son temps à l'université, tout le monde le disait, mais c'était lui qui y tenait. Il allait souvent en Amérique, il avait un tas d'amis scientifiques et pouvait y rester, là-bas tout le monde le voulait, des entreprises privées, même le gouvernement américain, mais lui, il rentrait toujours à Bologne. Pourquoi ?

– Pourquoi ?

– Parce qu'il disait que l'époque était mauvaise, que la science, la sienne, surtout, plutôt que de faire bien vivre les gens s'occupait d'en tuer le plus possible. Il disait qu'il ne voulait pas de responsabilités. Qu'à un certain moment, il ne suffit pas d'écarter les bras et de dire : "Je suis un scientifique, je ne fais que mon travail." Tu comprends ?

De Luca ne répondit pas. Il remua sur sa chaise, mal à l'aise, et but une gorgée d'alcool. Il se dit qu'il demanderait à Giannino de s'informer sur le travail de Cresca à la faculté de physique et sur ses voyages aux États-Unis.

– Mais ce n'était pas seulement un génie, Mario. Il était cultivé, sympathique, spirituel et sensible. C'était quelqu'un qui écoutait et, quand il le faisait, on comprenait qu'il était vraiment intéressé. Beau, aussi... ou mieux, séduisant. Tu veux savoir si je faisais l'amour avec lui ?

Oui, il voulait le savoir, pas seulement pour des motifs personnels et il allait lever les bras, comme s'il s'en fichait, mais elle le devança.

– Oui. On l'a fait une seule fois. Il disait que c'était une question de chimie, que quelque chose se déclenchait et qu'on ne pouvait pas s'arrêter, surtout s'il n'y avait pas de raison de le faire. Il n'aimait pas sa femme et moi j'étais assez grande et libre pour faire ce que je veux. Voilà. Ça s'est passé une seule fois, et puis stop. On n'en avait plus besoin.

Elle renifla encore et, cette fois, il était clair que ce n'était pas le rhume, parce qu'elle plongea ses lèvres dans le verre, comme pour y noyer ses larmes.

De Luca se perdit de nouveau dans sa contemplation. Ce n'était pas la faute de la Strega ou de son abstinence trop prolongée, en théorie cet entretien était l'interrogatoire d'un témoin et il devait justement étudier les traits et les expressions pour comprendre si elle exagérait, si elle mentait, si elle cachait quelque chose. Mais il fut distrait par la pensée que Claudia semblait de nouveau différente, que ses lèvres n'étaient plus aussi raides et que celle du dessous était plus pleine, plus moelleuse, le nez pas si petit et les pommettes plus hautes, et maintenant, dans cette pénombre lumineuse, sa peau aussi semblait plus noire.

Il songea qu'elle était très belle.

Elle avait dit quelque chose. Il fallut quelques instants à De Luca pour sortir de ses pensées et recommencer à l'écouter.

– Excuse-moi, tu disais…

– Je disais que j'en reprendrais bien encore un peu. Je commence à peine à me réchauffer.

Elle bougea les pieds sous la couverture, tendant son verre vide à bout de bras. De Luca se leva pour lui verser une autre rasade d'alcool, en prit lui aussi un peu et, désireux qu'il était de reprendre son interrogatoire, il allait la relancer sur Stefania Cresca, mais Claudia lui dit : "Viens-là, s'il te plaît", en tapotant le lit à côté d'elle. De Luca obéit, instinctivement, et elle glissa la pointe de ses pieds nus sous une jambe, il les sentit glacés à travers l'étoffe du pantalon.

– Ne te fais pas des idées, dit Claudia en s'allumant une cigarette. J'ai accepté de monter chez toi, seule, à cette heure, parce que je me gelais avec ces escarpins de bal. Mais je n'arrive pas à chanter avec des bottes ou des talons hauts. Je suis peut-être la Lena Horne bolonaise, mais je reste toujours une repiqueuse de riz.

Ça ne sentait pas le brûlé mais De Luca fit comme si pour pouvoir se lever et ôter les chaussures de Claudia du poêle. Il voulait s'asseoir un peu plus loin sur le lit parce que le contact physique, si limité qu'il fût, le déroutait et le plongeait dans la confusion, mais Claudia allongea les jambes et lui mit ses pieds sous la veste, contre le ventre. De Luca déglutit, souffle coupé, et pas seulement par le froid. Il avait un nœud serré entre cœur et estomac, qui semblait lentement se resserrer.

– Tu veux savoir pourquoi je pense que sa salope de femme est mêlée au meurtre ?

– Oui.

– Parce que c'est lui qui me l'a dit. Ces derniers temps, il était plus nerveux, bizarre, distrait… il m'avait promis une chose très importante et l'avait oubliée, ce qui ne serait jamais arrivé auparavant.

– Je peux te demander ce que c'était ?

Claudia haussa les épaules.

– Ce n'est pas un secret. Mario connaissait quelqu'un chez Ricordi, il devait lui écrire pour m'obtenir une audition. Il l'a fait, mais pas tout de suite.

– Tu sais pourquoi il était nerveux ?

– Non. Il ne me l'a pas dit. Mais un soir qu'on était dans la mansarde à écouter des disques, voilà, il était complètement absorbé, je croyais que c'était par la musique puis, tout d'un coup, il me fait : "S'il m'arrive quelque chose, ce sera entièrement de la faute de cette conne", c'est comme ça qu'on l'appelait.

– Quelque chose ? Quoi ?

– Je le lui ai demandé : "Qu'est-ce qui peut t'arriver ?", et lui : "Imagine que je disparaisse comme Maiorca…"

– Majorana*.

* Ettore Majorana, grand physicien mystérieusement disparu en mars 1938 quelque part entre Naples et Palerme.

– Peut-être, je ne sais pas… je lui ai demandé qui c'était, mais il a éclaté de rire et il y avait un solo de Benny Goodman, il a commencé à parler de ça et je n'y ai plus pensé. Jusqu'à ce soir, avec toi.
– Ça s'est passé quand ?
– Ça doit être une semaine avant le… l'accident, disons.
De Luca plissa le front. Il avait commencé à caresser les pieds de Claudia à travers le tissu de la veste, pour les réchauffer, mais il le faisait sans y penser. Il ne s'en rendit compte qu'au moment où elle poussa du talon, deux fois, comme pour frapper à la porte, et il la vit qui souriait, mordillant sa lèvre inférieure avec un regard qui semblait se moquer de lui.
– Tu sais pourquoi je suis là ? lui demanda-t-elle.
– Pour me raconter tes soupçons.
– Oui, bon. Tu sais pourquoi je suis encore là, alors ?
– Oui, non… je ne sais pas.
– La chimie, dit Claudia.
De Luca se rapprocha mais elle l'arrêta d'un pied sur la poitrine, juste un instant, juste le temps de lui faire comprendre que c'était elle qui avait choisi. Puis elle l'abaissa et ils s'embrassèrent avec tant de hâte que tous deux eurent sur les lèvres le goût douçâtre du sang.

Ils avaient fait l'amour tout habillés, elle son manteau ouvert sur la poitrine pour qu'il puisse lui mettre les mains sur la robe et sur son porte-jarretelles, sa culotte tirée sur le côté, ses jambes lui enveloppant la taille et le poussant en elle de ses talons contre les fesses nues, ses mains lui agrippant la nuque pour écraser sa bouche contre l'autre bouche, comme pour le manger.
Ça faisait effectivement trop longtemps qu'il n'avait pas été avec une femme et, s'ils avaient continué avec cette furie, ça aurait été très rapide mais soudain Claudia le retint, le regarda dans les yeux, puis les ferma et,

se mordant les lèvres, attira sa tête pour qu'il l'embrasse dans le cou tandis qu'elle s'écrasait contre lui, ses jambes ne serrant plus mais poussant, doucement, avec force mais lenteur, douce et intense, jusqu'à la fin.

Ils restèrent habillés après, un peu parce que le poêle n'avait pas encore assez réchauffé la pièce, mais surtout parce que Claudia lui avait dit tout de suite qu'elle ne resterait pas dormir, encore cinq minutes et elle partirait.

– M. Paride se met en colère quand sa fille ne rentre pas à la maison ? s'enquit De Luca.

– La fille de M. Paride a connu la rizière, la guerre et les tournées, et elle sait comment tenir en respect les fascistes, les patrons en pantalon blanc et les jazzmen existentialistes fils à papa. Pour lui, je suis toujours une enfant, mais j'ai vingt-cinq ans et je me gère seule. Nous sommes via del Traghetto, c'est au bout du monde, là-bas, du côté des carrières, et quand je sors tard, je dors ailleurs.

Claudia gardait la tête sur la poitrine de De Luca, coincée sous son menton. Il aurait voulu la regarder mais ils avaient éteint la lampe de la table de chevet et dans cette obscurité, avec la seule lueur des lampadaires au-dehors, ses traits avaient disparu dans une ombre noire que De Luca reconnaissait à tâtons, lentement. Maintenant, il savait quel âge elle avait, et c'était encore un âge différent, plus vieux ou plus jeune que ce qu'il avait sous les doigts.

– Je ne reste pas parce que ta chambre est horrible et ton lit trop étroit. Il y a une station de nuit de taxis, pas loin, je vais aller en prendre un.

– Je t'accompagne.

– Pas besoin.

– Hors de question. T'as peut-être bien été un courrier des partisans, mais à cette heure…

– Pourquoi un courrier ?

– Tu as dit que tu as fait la Résistance… j'ai mal compris ?

Claudia soupira. Elle s'assit sur le lit.

– Résistante combattante. J'étais dans la montagne, à Monte Solo, j'ai fait la bataille de Porta Lame, je suis entrée en ville le 21 sur un char d'assaut, j'ai une photo avec d'autres filles, toutes avec la mitraillette… mais pourquoi, vous autres les hommes, vous êtes toujours en plein stéréotype ?

Elle prit ses bas sur la chaise, en les maniant du bout des doigts, puis commença à en enfiler un. De Luca aurait voulu dire quelque chose mais Claudia ne lui en laissa pas le temps.

– Femme, donc courrier. Peau sombre, donc africaine. À Asmara, j'y suis seulement née, je suis venue ici quand j'avais deux ans et demi, quand M. Paride est rentré en Italie parce que ma mère était morte. J'ai été nourrie de lasagnes, de mortadelle et de tortellinis, et ça se sent même quand je chante en anglais, et pourtant tu sais combien de fois on m'a dit : "Dites donc, mademoiselle, vous parlez drôlement bien l'italien" ? À part ceux qui m'appellent Faccetta Nera.

Elle n'était pas en colère, elle semblait déçue. Elle posa un pied sur la chaise pour passer un bas puis l'autre, en arrangeant le triangle noir sur le talon.

– J'aurais tellement de choses à te demander… commença De Luca.

– Sur quoi ? Sur l'Abyssinie ou sur la guerre ? D'habitude, les jazzmen existentialistes me demandent si j'ai déjà tué quelqu'un. Je dis que je n'en sais rien, on tirait en groupe, peut-être…

– Claudia ! la coupa De Luca, qui, oui, s'était énervé. J'ai quarante ans, moi aussi j'ai connu la guerre, d'accord ? Je m'en fiche. J'enquête sur la mort du professeur Mario Cresca.

Claudia prit le paquet de cigarettes et s'en alluma une. Elle s'assit, jambes croisées, le pied suspendu se contractant à l'intérieur du bas nylon, nerveux.

– Aldino, dit De Luca.

Claudia fit une grimace.

– Envieux, méchant, il ne m'a jamais plu. Il me garde dans l'Alma Mater parce que ça fait chic d'avoir une petite négresse qui chante, comme dans les orchestres américains, même la Magistratus n'en a pas. Mais Mario et lui étaient très amis, depuis leur enfance.

Elle toussa et ôta un brin de tabac de sa lèvre.

– Seigneur Dieu, murmura-t-elle, tu m'as fait fumer des Nazionali.

– Et avec la femme ? Aldino et Stefania Cresca.

– Ils se haïssaient. À part qu'elle haïssait tout ce que faisait Mario, le jazz, surtout, nous, moi, tu imagines. La conne.

Elle se pencha pour tirer sur la pointe du bas parce qu'elle avait tellement contracté le pied que la trame s'était prise dans un ongle.

– Il y a quelque chose de particulier que tu te rappelles ? Quelque chose qui pourrait m'aider.

– Non. Tu découvriras qui a tué Mario ?

De Luca hocha la tête.

– Oui, assura-t-il sans hésiter, je le découvrirai. C'est mon métier.

Claudia enfila ses escarpins. Elle ouvrit la porte du poêle et y jeta sa cigarette.

– Je suis fatiguée. Si tu veux vraiment m'accompagner, allons-y.

De Luca se dressa en bouclant la ceinture de son pantalon. Il s'aperçut que Claudia l'observait à nouveau, en se mordant les lèvres, mais cette fois sans sourire. Puis elle s'approcha et l'embrassa sur la bouche. Un baiser lent, intense et doux.

– Chimie ? demanda De Luca, mais elle secoua la tête.

– C'est que, pendant un instant, tu m'as rappelé Mario. Comme lui, perdu, inquiet…

– Séduisant ? demanda De Luca, qui essayait d'émousser la pointe de jalousie qui le travaillait intérieurement.
– Non, dit-elle. Désespéré.

Mais, quand ils arrivèrent à la station de taxis et que De Luca lui ouvrit la portière de la seule voiture garée au milieu de la neige, une 1400 verte, et qu'il lui dit qu'il l'accompagnerait aussi jusque chez elle, elle l'arrêta en lui posant une main sur la poitrine pour l'empêcher de monter avant de le saisir à la nuque pour l'embrasser fort comme la première fois, et si longtemps que le chauffeur de taxi se mit à toussoter dans ses gants.

Samedi 26 décembre 1953

"Claudia."

L'avait-il vraiment dit ? Ou seulement pensé, aspiré de nouveau par le sommeil comme une spirale de fumée à l'envers, un bout de corps derrière l'autre à frémir vaguement dans l'air froid du monde réel.

Il rêvait qu'il était étendu sur le dos dans l'herbe, sous un moulin à vent dont les ailes tournaient et le frappaient sur la poitrine, mais lentement, sans lui faire mal, en le gênant seulement. En fait, c'était Giannino qui poussait du bout des doigts pour le réveiller.

– Ingénieur ? S'il vous plaît, ingénieur…

De Luca s'assit brusquement sur le lit, en arrachant la couverture avec un soupir fort comme un gémissement.

– Doucement, doucement, ingénieur… c'est moi.

Il fallut quelques instants à De Luca pour se reprendre. Il passa sa langue sur ses lèvres sèches, en se concentrant sur Giannino qui flairait un des deux verres placés sur la table à côté du paquet de cigarettes et de la bouteille de Strega. Le petit sourire ironique qu'il avait au coin de la bouche et la lueur amusée dans ses yeux lui firent penser que peut-être il l'avait bien dit, le nom de Claudia.

– Qu'est-ce que tu fais là ?

– J'ai beaucoup frappé à la porte, ingénieur. Je n'arrivais pas à vous réveiller.

– Qu'est-ce que tu fais à l'intérieur ?

– C'est le concierge qui m'a ouvert, avec son passe-partout. Je lui ai dit que je croyais que vous alliez mal.

Giannino haussa les épaules.

– Mais ce n'était pas nécessaire. Pourquoi croyez-vous qu'on vous a mis là, ingénieur ? L'hôtel est à nous.

De Luca jeta un coup d'œil à la montre qui n'avait pas quitté son poignet, il s'était pratiquement endormi tout habillé. Six heures du matin.

– Il s'est passé quelque chose ?

– Le chef est arrivé. Le commandeur. Il est de passage à Bologne et il nous attend au buffet de la gare. Ne me regardez pas comme ça, ingénieur, moi, je suis parti de Florence qu'il faisait nuit.

Il ne le regardait d'aucune façon, il réfléchissait, simplement.

– Attends-moi dehors, je m'habille et j'arrive.

Giannino sortit de la pièce. Sur le seuil, il dit : "Vous avez passé un bon Noël, ingénieur", mais ce n'était pas une question et, à sa manière de sourire ouvertement, De Luca comprit que oui, il l'avait vraiment dit, le nom de Claudia.

Le buffet de la gare était vide, à part eux et un serveur qui somnolait, derrière le comptoir. Même les décorations de Noël semblaient dormir, flasques et ternes.

– Ici aussi, c'est à nous ? demanda De Luca, car on aurait presque dit que l'établissement avait été ouvert exprès, mais le commandeur était trop occupé à lécher la crème d'un beignet sur ses lèvres pour l'avoir entendu.

Le commandeur D'Umberto était un homme imposant, avec de grosses lunettes de vue qui lui faisaient des yeux ronds derrière les lentilles épaisses. Il avait retiré son chapeau, son manteau et sa veste pour se mettre à l'aise et il avait beau se pencher en avant, coudes écartés et ventre écrasé contre la table en formica blanc, sa cravate était couverte de sucre.

– De Luca, mon garçon, assieds-toi et prends-toi un cappuccino. Et prends-en un toi aussi, dit-il à Giannino, qui hocha la tête et s'accouda au comptoir, vu qu'il n'avait pas été invité à la table.

– Je préférerais un café, rétorqua De Luca, mais le commandeur avait indiqué le cappuccino qu'il avait devant lui et levé les doigts en V, pour commander au barman d'en faire deux.

– Tu sais comment on l'appelle, ici, à Bologne, la *bomba*, le beignet ? *Bombolone*, bombonne !

Il le dit en gonflant les joues, avec un rire gras qui finit en accès de toux.

– Prends-en un aussi, mon garçon, et prends-en un toi aussi, lança-t-il à Giannino. Ou plutôt, tiens, j'en prends un aussi, conclut-il en levant trois doigts.

De Luca renonça à dire qu'il n'en voulait pas, le commandeur ne l'aurait pas écouté et, de fait, il continuait à parler.

– Je monte là-haut pour une histoire embêtante, tu sais, cette fille qu'on a trouvée morte en bas, chez nous, à Torvaianica, Wilma Montesi*.

Non, De Luca ne le savait pas, mais ça n'avait pas d'importance et il ne le dit même pas.

– La gonzesse s'est sentie mal à une fête avec des gens importants, un couillon quelconque l'a balancée sur une plage et elle s'est noyée, bon, beh, mais c'est en train de devenir un truc désagréable et y a des gens à Milan que je dois voir et moi, ça me casse toujours les couilles** de faire le voyage de nuit, en couchette, qu'est-ce que ça fait mal au dos, fit-il en se mettant une main sur les reins avec un air douloureux. Mais cette étape ici, ça m'a éclairé ma journée, mon garçon, parce que des *bombe* comme ça… non, des *bomboloni*, rectifia-t-il en en prenant un dans l'assiette que le serveur avait posée sur la

* L'affaire Wilma Montesi est un des plus gros scandales des années 50 : la mort mystérieuse d'une belle fille du peuple qui aurait été liée à des orgies de la haute société démocrate-chrétienne.
** Le mot traduit ici par "gonzesse" est *guagliona*, et ce qu'on casse au personnage, c'est la *uallera*, le scrotum, c'est-à-dire "les couilles" : expressions appartenant au parler populaire napolitain.

table, je n'en avais jamais mangé avant, ce sont les meilleurs d'Italie, félicitations !

Et il battit des mains à l'adresse du serveur, lentement, les doigts de l'une contre le bas de la paume de l'autre, pour ne pas écraser le *bombolone.*

– Je dois te remercier, fiston, dit-il, la bouche pleine.

– Pourquoi ? demanda De Luca.

– Parce que j'ai fait cette étape à Bologne justement pour te voir. Qu'est-ce que tu me racontes sur Mme Cresca ? À quel point on en est ?

– On est à un bon point. On a différentes pistes. Mais il y a une chose qui…

– Qui l'a tuée ?

– On ne le sait pas encore, mais il est apparu…

– Tu as dit qu'il y a un suspect, non ?

– Oui, mais…

– Tu es mon chien truffier, mon garçon, tu es ici depuis cinq jours, je m'attends à des progrès, et même à de grands progrès !

Le commandeur avait fini la deuxième bombonne. Il s'essuya les mains en les frottant l'une contre l'autre, puis les leva pour les montrer à Giannino qui s'empressa d'apporter une serviette.

– On en a fait, des progrès, dit De Luca. Et même beaucoup. Un particulièrement important. Nous avons trouvé un lien entre la mort de la femme et celle de son mari.

Le commandeur regarda le *bombolone* destiné à De Luca qui se trouvait encore dans l'assiette.

– Ça, c'est un accident, murmura-t-il. Ça ne nous intéresse pas. On veut savoir qui a tué sa femme.

De Luca prit le beignet. Il n'avait aucune intention de le manger, mais le commandeur lui avait été antipathique dès l'instant où il l'avait vu.

– Il y a des preuves évidentes que le professeur Cresca a été tué dans un accident de la route simulé, et même pas très bien simulé, d'ailleurs. Découvrir qui l'a tué est fondamental pour résoudre aussi l'autre crime.

Le commandeur cessa de fixer le *bombolone* que De Luca mettait en morceaux sous ses doigts. Il regarda son cappuccino, intact et figé.

– Tu ne préférais pas un café ? demanda-t-il.

Il fit signe à Giannino, qui retourna au bar, puis se pencha en avant, fixant De Luca à travers ses lentilles épaisses, deux yeux ronds, agrandis par le verre, qui engourdissaient.

– Ça ne nous intéresse pas de savoir qui a tué le professeur Cresca, on n'en a rien à cirer. Tu veux savoir pourquoi, mon garçon ? Parce que nous le savons. C'est nous.

Le commandeur se recula, croisant les mains sur son ventre. De Luca était tellement sidéré qu'il ne remarqua même pas la tasse de café que Giannino lui avait mise sous le nez.

– Nous ? répéta-t-il d'une voix cassée. Comment ça, nous… dans quel sens ?

Le commandeur se montra lui-même, puis fit un geste circulaire d'un doigt grassouillet qui semblait tout englober, De Luca, Giannino, le bar, Bologne et le reste du monde.

– Notre service, dit-il, nous.

– Et pourquoi ?

– Parce que les Américains nous l'ont demandé. Tu le manges, celui-là ?

De Luca secoua la tête, instinctivement, et le commandeur prit son *bombolone*.

– Ils avaient peur qu'il passe aux Russes, expliqua-t-il, la bouche pleine, ou qu'il soit un peu trop indépendant. Il y a une guerre, mon garçon, on dit qu'elle est "froide" mais c'est quand même une guerre, et les nouveaux comme Cresca, il faut qu'ils soient ou d'un côté ou de l'autre, parce que ceux de ce côté et ceux de l'autre, ils se les enrôlent, ils les achètent, ils les tuent ou se les emportent.

Le commandeur tendit la lèvre inférieure pour intercepter une goutte de crème en train de tomber.

– La supériorité technologique est fondamentale, mais elle a un coût.

– Donc, le camionneur aussi, avança De Luca, c'est-à-dire, c'est nous qui…

Mais le commandeur coupa court en haussant les épaules.

– Détails.

– Et l'enfant ?

– Un accident, ça oui, qui nous déplaît à tous. En tout cas, dossier clos, enregistré, classé, assura-t-il, et abattant son poing sur la table : Archivé. Oubliez l'affaire Cresca, moi, je veux savoir qui a tué sa femme. Et tu sais, mon garçon, ce que je veux savoir surtout ?

De Luca prit la tasse de café parce qu'il avait besoin de quelque chose de fort. Il était tellement surpris et perdu qu'il ne réussissait même pas à réfléchir. Le commandeur se pencha en avant, inclinant la table.

– Je veux savoir si c'est nous qui avons fait ça aussi.

De Luca resta les lèvres ouvertes sur le café, sans le boire. Il reposa la tasse.

– Je ne comprends pas, dit-il.

– Je veux savoir si ce meurtre a été ordonné par quelqu'un de mon bureau, ou d'un bureau parallèle, ou d'un bureau concurrent, les Russes, papa Noël, expliqua-t-il en montrant un sapin décoré dans un coin, la Madone ou le Petit Jésus.

Il soupira.

– Tu vois, mon garçon, il y a une confusion chez nous, mais une confusion… autrefois, les choses étaient plus claires mais maintenant, avec les lois et les contre-lois, c'est devenu un bordel… les choses se font et ne se font pas, les ordres, on les donne et on les donne pas…

et tous les jours il y a un nouveau groupe qui fait ce qui lui chante. Tu le sais comment c'était, tu n'es pas d'accord qu'autrefois, c'était différent ?

"Non", pensa De Luca, "c'était pareil", mais il ne le dit pas.

– Moi, je sais que je n'ai pas donné l'ordre, poursuivit le commandeur. Oh Seigneur, ordonner n'est pas le bon mot, je ne donne pas ce genre d'ordre, jamais. Disons que moi, je ne me suis pas exprimé dans ce sens. Mme Cresca, je n'avais même pas fait attention à elle. Mais si quelqu'un l'a liquidée sans mon… disons blanc-seing moral, alors, ou il s'agit d'un excès de zèle, ou de quelque chose d'autre que je ne comprends pas et qui alors ne me plaît pas du tout, mon garçon. J'ai déjà cette affaire emmerdante de la fille Montesi à penser.

– Pourquoi vous ne leur demandez pas ?

– Que je demande quoi ? À qui ?

– À vos… aux nôtres. Ou aux autres bureaux. S'ils ont donné le… blanc-seing moral au meurtre de Stefania Cresca.

Le commandeur éclata de rire, un autre rire gras qui s'arrêta au premier accès de toux.

– Je les connais, mes gars. Ils ont tous dit non, mais c'est normal. Tu le sais ce qu'est un "démenti plausible", mon garçon, et quand tu peux dire oui ou non et qu'il n'y a pas moyen de savoir si c'est vrai.

Il regarda sa montre et se leva d'un bond de son siège, avec un coup de reins d'une force insoupçonnable. "Je vais rater le train", dit-il, tandis qu'il mettait sa veste et son manteau, puis, au garçon : "Mettez-m'en deux dans un sachet, que je les emmène", et à Giannino : "En Autriche, ils les appellent des Krapfen."

À De Luca, il tendit une main encore collante de sucre.

– Trouve-moi qui a fait ça, comme ça je comprendrai qui l'a ordonné et tout le monde sera content.

Même si c'était les Russes, papa Noël ou le petit Jésus. Sinon, à quoi ça me servirait, un chien truffier, hein, mon garçon ?

– Le commandeur parle, parle… mais il n'y connaît rien, ingénieur, rien de rien. Les Krapfen, les *bombe* et les *bomboloni*, c'est pas du tout la même chose, ils ont des recettes différentes. Les *bomboloni*, en plus, ils ne sont même pas de Bologne, ils sont toscans et ce n'est pas vrai que les meilleurs on les fait ici, les meilleurs on les fait à Montespertoli, qui, comme par hasard, se trouve dans la province de Florence.

De Luca fixa Giannino. Le début de ses propos l'avait arraché à ses pensées mais la suite l'avait laissé perplexe, hésitant entre la colère et le rire. Un rire de désespoir, pas d'amusement. Giannino, en revanche, ne semblait s'être aperçu de rien. Il conduisait, détendu, une main sur le volant, pratiquement sans but parce que, quand ils étaient montés en voiture après avoir laissé le commandeur, De Luca ne lui avait rien dit, perdu qu'il était dans ses réflexions.

– Giannino, excuse-moi, mais toi, comment tu t'es retrouvé à faire ce travail ?

– À faire l'espion, ingénieur ? C'est de famille. Mon papa était dans les services d'information de l'organisation Franchi, durant la guerre, avec le comte Sogno, les partisans blancs, ceux de Badoglio*, vous connaissez, non ? Vous en avez peut-être même arrêté quelques-uns…

* L'organisation Franchi, sous la direction d'Edgardo Sogno, aristocrate et aventurier flamboyant, était une organisation de résistance monarchique antinazie (les "partisans blancs" par opposition aux autres partisans très majoritairement sous influence communiste), qui soutenait le maréchal Pietro Badoglio, lequel fut président du Conseil à la déposition de Mussolini en 1943. Dans les années 70, Sogno, devenu entre-temps diplomate, a été accusé de participation à des complots pour renverser la République.

En tout cas, mon papa a suivi le comte dans la carrière diplomatique et m'a fait prendre dans les Services. Ou vous vouliez parler de mon travail dans ce service-là ?

Non, mais il lui vint à l'esprit quelque chose qui l'intéressait plus que le curriculum de son adjoint.

– Pourquoi le commandeur n'a pas confiance en ses hommes ? Qu'est-ce qui se passe, dans ce service-là ?

Giannino haussa les épaules.

– Si vous, vous le savez pas, ingénieur… Moi, je ne suis qu'un subordonné.

– Et moi je ne sais rien du tout. Ne te moque pas de moi, je suis peut-être un chien truffier, mais toi, tu es un chien bâtard.

Giannino lui lança un coup d'œil amusé.

– Vraiment ? Moi, je croyais être un chien de race. Vous savez, mon père aussi est comte, si vous étiez venu déjeuner à Noël, je vous l'aurais présenté. Mais je crois comprendre que vous avez eu d'autres occupations, ingénieur.

De Luca ferma les yeux et soupira profondément. Claudia lui revint en tête, le secouant à l'improviste d'un frisson qui n'était pas d'excitation.

– Je monte le chauffage, ingénieur ? Il paraît qu'aujourd'hui il va pleuvoir, il va faire moins froid.

Puis Giannino abaissa le levier du clignotant et se rangea à gauche, en s'arrêtant un peu plus loin pour ne pas déborder sur les rails du tram. Il se tourna sur son siège et appuya son dos à la portière, comme De Luca.

– Alors, le commandeur D'Umberto a peur de son adjoint, le *dottor* Elvani, qui dirige le Bureau des opérations spéciales… même des opérations très spéciales, vous pouvez imaginer lesquelles, ingénieur.

Il frappa du poing dans la paume de sa main avec un claquement qui arracha une grimace à De Luca.

– Le commandeur sait que le *dottore* a une envie furieuse de prendre sa place. Et ils sont tous les deux très différents. Le commandeur est un homme des Anglais, le *dottore* des Américains. Le commandeur est appuyé par le député Piccioni, de la vieille démocratie chrétienne, le *dottore* par Fanfani, de la nouvelle. Le commandeur est de Naples, conclut Giannino – doigt pointé vers le bas –, le *dottore* de Vérone – doigt vers le haut.

Giannino rit, mais De Luca resta sérieux, si sérieux que le garçon aussi se rembrunit.

– Il m'est déjà arrivé une fois de me trouver au milieu d'une lutte entre factions d'un même parti, dit De Luca, et j'ai failli y laisser la peau.

– Oui, ingénieur, je vous comprends. Moi non plus, je n'aime pas ça. Qu'est-ce qu'on fait ?

De Luca se serra dans son manteau parce qu'à l'arrêt la température dans la voiture baissait. Giannino fit mine de repartir mais De Luca le retint. À ce moment, il pensait mieux à l'arrêt.

– On se concentre sur la mort de la femme. Le dossier Cresca s'est résolu tout seul, c'est le commandeur qui a donné l'ordre à cet Elvani qui l'a fait exécuter par Tête de Monstre. Mobile : fidélité atlantiste. Toi, tu le savais.

Il n'avait pas pointé le doigt mais c'était comme s'il l'avait fait. Giannino secoua la tête. Sans exagérer, décidé, avec conviction.

– Non. On m'avait dit de ne pas m'en occuper et j'imaginais bien qu'il y avait une raison, mais je ne savais pas.

– Seigneur, Giannino ! Un gamin de douze ans !

– Ce n'est ni vous ni moi le responsable, ingénieur. Ce n'est pas moi. Moi, je n'ai aucun rapport avec ça, je fais seulement mon métier.

De Luca hocha la tête, en déglutissant difficilement. Il resta longtemps sans rien dire, le front appuyé contre la vitre froide, le regard perdu sur les tas de neige. La rue, en face, s'élargissait, des hommes en manteau et écharpe déblayaient des montagnes blanches et compactes contre les murs des maisons, raclant les pavés du rebord métallique des bêches. Le bruit arrivait jusque dans la voiture, irritant comme un grincement de craie sur un tableau. Puis il s'aperçut que Giannino avait parlé.

– J'ai dit : "Pourquoi est-ce que vous ne lui avez pas parlé de Tête de Monstre ?"

– Parce que très probablement, c'est un homme d'Elvani et que si je lui avais dit qu'il était aussi chez Stefania Cresca, le commandeur aurait tiré ses conclusions et clos l'enquête.

– Justement, dit Giannino en écartant les bras et en rentrant la tête entre les épaules.

– C'est mon enquête, c'est moi qui décide si on la clôt, et ce sera quand nous aurons découvert qui a tué Stefania Cresca, comment et pourquoi. Je ne sais pas si c'est Tête de Monstre, il y a trop de choses qui ne collent pas.

Il faisait vraiment froid. De Luca fit un signe à Giannino, qui tira sur le starter et tourna la clé pour démarrer.

– Je vous le répète, ingénieur, qu'est-ce qu'on fait ?

– Nous avons deux pistes. Une, c'est Tête de Monstre. Nous devons découvrir qui c'est. Tu peux faire une vérification chez les hommes du bureau d'Elvani ? Avec cette tête, il ne doit pas être difficile à identifier.

Giannino hocha la tête, en se frappant la paume de la main sur la poitrine, deux coups amortis par le manteau couleur poil de chameau.

– L'autre piste, c'est Aldino. Et, avec lui, les Russes.

– Avec ceux-là, je ne peux rien faire, ingénieur. Avec tous les communistes qu'il y a à Bologne, ils ont presque plus le droit que nous d'être ici.

– Mais moi, je peux approcher Aldino. Il est musicien et je suis imprésario, non ?

– Exact.

Giannino regarda De Luca comme pour prendre ses mesures.

– Sauf votre respect, ingénieur, l'Alma Mater est un jazz band de prétentieux étudiants fils à papa. Fiez-vous à moi, je suis un fils à papa moi aussi. Vous, dans cette tenue, vous avez l'air au maximum d'un petit flic de la questure, sûrement pas d'un imprésario. Vous permettez un conseil ?

– Je le permets.

– Je vous emmène chez Boni et je vous refais une garde-robe. Costume, manteau, écharpe, chemise de Fiorini sur mesure et aussi un chapeau de Malaguti. Les chaussures de Roveri, on peut laisser tomber, il faut trop de temps et les vôtres ça peut aller. Après, aussi, rasez-vous.

– D'accord. Allons-y.

– Vous savez que vous avez une drôle de conception du temps, ingénieur ? Allons-y, où ? On est le lendemain de Noël, tout est fermé, et demain c'est dimanche. Ou bien vous venez passer le week-end à Florence chez mes parents, ou je vous ramène à la pension et on se voit lundi.

Il s'était fait ramener à la pension.

Il était resté enfermé dans sa chambre pendant deux jours, ne sortant que pour manger quelque chose, parce que même s'il n'en avait aucune envie, il se sentait près de s'évanouir de faiblesse.

Il avait trois choses en tête, et il se les garda en lui jusque dans la nuit, à lutter contre le sommeil qu'il n'avait pas.

La première, c'était celle que lui avait dite Giannino.

Qu'il n'avait rien à voir avec ce qu'avaient fait les autres. Qu'il faisait seulement son métier. Un autre bureau, d'autres gens, d'autres tâches, d'autres fonctions, lui, non, il faisait seulement son métier. Même pas son devoir, ce qui comporterait en tout cas une adhésion, son *métier.*

Voilà, il l'avait dit tant de fois lui aussi, tellement qu'il s'y était habitué.

La deuxième était son enquête.

Cette anxiété qui lui coupait le souffle, qui le brûlait comme s'il avait la fièvre. Il arpenterait Bologne, y compris la nuit, flairant comme un chien de chasse.

Son enquête. Son métier.

La troisième, c'était Claudia.

Mais elle était tant de choses à la fois. Il y avait l'envie de la revoir qui le troublait d'un sentiment dévorant de perte, il y avait un désir si fort qu'il lui faisait mal et il y avait un frisson qui deux ou trois fois le fit sursauter dans un spasme incontrôlable de tous ses muscles. Ce n'était pas l'excitation. C'était quand il lui revenait à l'esprit ce qu'il lui avait promis.

Tu découvriras qui a tué Mario.

Oui. C'est mon métier.

Son métier.

Il l'avait découvert, qui avait tué Mario.

Mais il ne pourrait pas le lui dire.

(28 décembre 1953-3 janvier 1954)

Oggi

Hebdomadaire sur l'actualité et la culture, IXe année, nº 53, 60 lires.
Pages intérieures: LES ÉVÉNEMENTS QUI ONT INTÉRESSÉ LES ITALIENS EN 1953 : (janvier) naissance du fils d'Elizabeth Taylor, (février) cyclone en Angleterre et en Belgique, (mars) mort de Staline, Narriman, ex-reine d'Égypte, quitte son mari Farouk, (avril) la princesse Joséphine-Charlotte de Belgique épouse l'héritier du Grand-Duché du Luxembourg, (mai) l'expédition Hunt conquiert l'Everest, (juin) Élisabeth II devient reine d'Angleterre, la révolte de Berlin est réprimée par les Soviétiques, (juillet) fin de la guerre de Corée, arrestation de Béria, ministre de l'Intérieur soviétique, le capitaine Townsend a une relation avec la princesse Margaret, (août) le Chah de Perse et son épouse Farah Diba rentrent dans leur patrie, (septembre) à Syracuse, une statue de la Madone pleure, (octobre) violent orage en Calabre, (novembre) troubles à Trieste encore disputée entre l'Italie et la Yougoslavie, Gianni Agnelli, neveu du fondateur de Fiat, épouse la princesse Caracciolo.
Publicité: bas de classe, femme de grande classe, BAS OMSA, soixante aiguilles.

Tempo

XVe année, nº 53, 56 pages, 60 lires.
Pages intérieures: FORME ET FOND DANS LA DÉMARCHE DU DÉPUTÉ PELLA, il est temps que la Démocratie chrétienne assume toutes ses responsabilités pour remédier à l'actuelle situation d'incertitude • LES DEUX ASPECTS

DE LA "GUERRE DU PÉTROLE", la lutte continue pour les marchés et les gisements alors qu'on redoute l'épuisement prochain de la ressource • LA NOUVELLE ARME AÉRIENNE SOVIÉTIQUE SE CACHE SOUS TERRE • NILLA PIZZI NE QUITTE PAS LA RADIO, la chanteuse populaire répond au maestro Angelini en expliquant les raisons pour lesquelles elle ne participera pas au prochain festival de Sanremo.
Publicité : LES BAS SISI, la couture qui amincit la jambe.

Annabella

Revue de mode et d'actualité féminine, XXIIe année, n° 1, 50 lires.
En couverture : POUR LA NUIT DU 31, CONSEILLÉ, PRESQUE OBLIGATOIRE, UNE ROBE NEUVE ET LA PLUS FÉERIQUE POSSIBLE.
Pages intérieures : LA FEMME DE LA SEMAINE, Marlene Dietrich au regard troublant et aux jambes parfaites • CINQ ROBES AVEC UN AIR DE FÊTE, pas de décolletés, pas de complications, des tissus riches et froufroutants, style simple avec une pointe d'excentricité • LA SAISON ENCHANTÉE est celle des bals d'hiver, des grands bals avec orchestres et serveurs à la "petite sauterie" avec le vieux gramophone.
Publicité : prévenir et soigner les engelures en vous lavant avec LE SAVON VASENOL et en appliquant LA PÂTE VASENOL

La Settimana Incom Illustrata

VIIe année, n° 1, 60 lires.
En couverture : VALENTINA CORTESE A PASSÉ LES FÊTES DE NOËL AVEC SON MARI, L'ACTEUR ANGLAIS RICHARD BASEHART, ET LE PETIT JACKIE.
Pages intérieures : QUE SE PASSERA-T-IL L'ANNÉE PROCHAINE ? LES ASTRES SONT FAVORABLES. Trimestre d'hiver : désordres intérieurs en Russie et dans

les Balkans, renforcement de la puissance mondiale américaine. Trimestre du printemps : progrès de la cause de la paix mondiale. Amélioration de l'économie européenne. Sa Sainteté Pie XII : craintes pour sa santé dans les derniers mois de l'année. Baudoin roi des Belges : un très heureux mariage d'amour.

Lundi 28 décembre 1953

– C'est la pire version de *When the Saints Go Marching In* que j'aie jamais entendue, ingénieur… chacun joue pour son propre compte.

De Luca ôta son chapeau pour se gratter la tête de ses doigts gantés. Il n'était pas habitué à en porter et il le garda à la main malgré le vent glacial qui se glissait sous le portique, lui gelant les oreilles. Il remonta le col de son manteau à chevrons, juste pour se protéger de l'air, parce qu'il n'était pas habitué non plus à en porter et qu'ainsi habillé, il avait presque chaud.

Il y avait un espace circulaire à l'intérieur de la petite foule qui s'était rassemblée piazza Ravegnana, devant les deux tours, et l'Alma Mater tournait à l'intérieur, le trombone devant, Aldino juste après et tous les autres derrière. Claudia était invisible, mais De Luca savait qu'elle devait être quelque part là-dedans, parce qu'il lui avait téléphoné de l'appareil à jetons de la pension, ce matin-là.

Et, de fait, elle était là, au milieu des étudiants en fête avec leurs chapeaux à pointe aux couleurs des différentes facultés. Claudia en portait un aussi, rouge Médecine, pris à un étudiant qui, tête nue, comme les autres, la regardait plus elle que le groupe qui jouait. Quand elle vit De Luca, elle cessa de claquer des mains et agita un bras avec un sourire si lumineux qu'elle en arracha un aussi à Giannino.

– Oh, oh, ingénieur… ne me dites pas que Miss Nazionali et Strega est notre belle Abyssine.

– Oh, allons, murmura De Luca, mais Giannino insista avec un coup de coude, parce que Claudia s'était faufilée entre les gens et arrivait.

Petit manteau et cheveux ramassés sous le chapeau rouge, bas noirs et chaussures à talons hauts, encore différente de la dernière fois qu'il l'avait vue. Seul le sourire était le même.

Claudia inclina la tête sur une épaule pour mieux le dévisager.

– Tu me plaisais plus avant, dit-elle.

– Merci.

– Peu importe, ça va quand même. On n'en a plus pour longtemps avant que les municipaux n'arrivent pour nous chasser. C'est la fête d'anniversaire d'un des amis étudiants d'Aldino, après on va se retrouver à quelques intimes chez lui, c'est à côté.

– Et nous aussi, on est invités ?

– Oui. Cette histoire d'imprésario lui a fait briller les yeux. Oh, mais ne me fous pas la honte... Billy Holiday et Lena Horne, rappelle-toi. Laisse-le parler lui, il s'y connaît, toi, tu te ferais découvrir tout de suite.

Vivement, elle effleura le visage de De Luca du bout glacé de ses doigts, mais assez longtemps pour le faire frissonner et pas de froid. De Luca réprima un sourire, parce qu'il avait honte devant Giannino, dont il sentait le regard fixé sur lui.

– Je viens avec vous, si vous en avez une, de voiture.

– On en a une.

Claudia les salua d'un signe de la main pendant qu'elle retournait au milieu de la foule. Giannino prit De Luca par un bras et le serra avec force.

– Ingénieur, chuchota-t-il, vous êtes fou ? Qu'est-ce que vous lui avez dit ?

– Que nous sommes des enquêteurs de l'assurance.

– Que nous sommes quoi ?

– Nous enquêtons incognito sur l'accident. C'était le seul moyen de garder notre couverture.

Giannino siffla, amusé.

– Mes compliments, ingénieur, vous me devenez un vrai espion. Et la belle Abyssine nous aide ?

– Elle aussi pense que ça n'a pas été un accident, elle croit que la femme de Cresca y est mêlée et… oui, bref, elle nous aide.

De Luca s'enfonça le chapeau sur la tête, parce qu'il commençait à ne plus sentir ses oreilles. Il chercha Claudia au milieu de la foule sous les deux tours mais il continuait à sentir sur lui le regard de Giannino.

– Qu'est-ce qu'il y a ? demanda-t-il.

– Faccetta Nera ne croit pas qu'il s'agisse d'un accident ?

– Non.

Il voulait lui dire d'arrêter, de ne plus l'appeler comme ça, mais il avait compris que Giannino l'avait fait exprès, pour le provoquer, et il ne voulait pas lui faire ce plaisir. Il savait aussi où il voulait en venir.

– Elle pense elle aussi qu'on l'a tué ?

– Oui.

– Alors, j'imagine qu'à la fin elle voudra savoir qui c'était.

De Luca ne dit rien. Giannino siffla de nouveau, toujours amusé.

– Bonne chance.

L'appartement d'Aldino était lui aussi sous les toits, mais il était plus grand que celui de Cresca et meublé bien plus luxueusement, avec canapés, fauteuils, tapis sur le parquet de bois et une grande fenêtre qui donnait sur la piazza Maggiore.

– Vous savez comment on l'appelle, cette partie en hauteur au milieu de la place, ingénieur ? Le Crescentone, qui est une sorte de pizza ronde. Ils ne pensent qu'à manger, à Bologne.

De Luca avait retiré son chapeau et son manteau, et s'était desserré la cravate. Il ne s'était pas rasé et avec son air décavé et sa maigreur, alors même qu'il était le plus vieux, il ne détonnait pas parmi tous ces jeunes gens abandonnés sur les coussins et les tapis, un verre en main, cigarette entre les doigts et une expression le plus possible ennuyée et maudite, existentialiste. Qui changea d'un coup, sur tous les visages, quand de la cuisine au fond du salon arriva l'odeur forte et chaude de la sauce à la viande des tagliatelles.

– Oui, c'est vrai, dit De Luca.

Les filles avaient fait la cuisine. Claudia aussi, qui sortit avec une soupière fumante de pâtes, la posa brutalement sur la table et rejoignit De Luca assis devant la baie. Elle s'assit sur l'accoudoir du fauteuil et retira ses chaussures avec un soupir.

– Aïe, aïe, aïe... je n'en pouvais plus.

Claudia releva les genoux et, pendant quelques instants, De Luca crut qu'elle allait étendre les jambes sur les siennes. Il se contracta dans le fauteuil, embarrassé et excité en même temps, mais Claudia s'arrêta à l'accoudoir, jambes pliées presque sous son corps, en étirant la robe pour couvrir ses cuisses. Mais elle sourit, car elle semblait avoir remarqué l'embarras de l'homme.

– Je t'apporte à manger ?

– Non, merci.

– Les tagliatelles, c'est moi qui les ai faites toute seule avec mes petites mains. J'ai étalé de la pâte pour douze œufs, précisa-t-elle en montrant la farine entre ses doigts.

De Luca sourit.

– Non, merci.

– Alors, je t'apporte à boire.

Claudia descendit de l'accoudoir et sautilla sur la pointe de ses pieds nus jusqu'à la table où se trouvaient quelques bouteilles de vin. Giannino s'appuya au dossier du fauteuil et se baissa vers De Luca.

– Bonne chance, murmura-t-il de nouveau, puis il montra Aldino qui restait assis à l'écart, par terre, dans un coin, en soufflant doucement dans son saxophone. Qu'est-ce qu'on fait ? On l'appelle ?

De Luca secoua la tête.

– Il va venir de lui-même. Il joue l'indifférent mais ça se voit qu'il meurt d'envie de me parler. Il m'a beaucoup regardé, en cachette.

C'était vrai. Claudia revint avec deux verres de vin rouge, un pour De Luca et l'autre pour Giannino, elle s'assit sur l'accoudoir et, quand elle repartit, parce que De Luca le lui avait demandé, Aldino se leva d'un coup de son coin et s'approcha, le sax se balançant à son côté, comme un pistolet.

– Je sais que vous êtes de grands experts de jazz, commença-t-il. Aldo Scaglianti, enchanté. Alors, qu'est-ce que vous dites de l'Alma Mater ? Sincèrement, vraiment… vous nous voyez comment ?

De Luca laissa parler Giannino et, pendant ce temps, il fixait Aldino, qui opinait du chef avec force, tandis que Giannino disait "Lester Young", "Coleman Hawkins" et "*big bands* américains". Il observa ce visage d'enfant, lisse et rond, les petits yeux bleus sous la touffe de cheveux blonds, les mains sur le sax, petites elles aussi. La cravate desserrée sur le col ouvert de la chemise blanche, les manches roulées sur les bras. Tout ça semblait construit, étudié dans le miroir, tout hormis le sourire, Coleman Hawkins, Lester Young, ce sourire, oui, il était vrai.

– Non, voilà, Art Pepper ! L'Art Pepper italien !

– Sérieusement ? répondit Aldino d'une voix que l'excitation faisait s'élever. C'est ce que je pensais aussi, vraiment !

Il y avait deux questions que De Luca aurait voulu poser à Aldino et, si tout avait été comme avant, il les lui aurait balancées après l'avoir convoqué dans son bureau, assis sur une inconfortable chaise de commissariat et peut-être avec deux agents en uniforme sur les côtés.

Quels étaient ses rapports avec cet agent des services secrets soviétiques ? Et pourquoi Stefania Cresca et lui s'étaient parlé au téléphone à neuf reprises le jour de sa mort et avant ?

Mais il ne pouvait pas le faire. Quand ils étaient encore en bas, tous les trois assis dans la voiture avec Claudia au milieu, Giannino lui avait demandé quelle serait sa stratégie. Bon flic ou méchant flic ?

“Tu as trop vu de films américains”, avait rétorqué De Luca, et puis il lui avait expliqué comment faire.

Ainsi attendit-il pendant que Giannino continuait à flatter Aldino et, quand il jugea qu'il était suffisamment vulnérable, il toussa dans son poing fermé pour attirer l'attention.

– Nous travaillons beaucoup avec des salles, dit-il. Tournées, concerts uniques, ce qu'on peut. Peut-être après les examens…

– Ça, ça peut se renvoyer, et moi du côté de la pharmacie, je peux aussi…

– Nous travaillons beaucoup à l'étranger.

– Très bien, nous avons presque tous notre passeport et ceux qui ne l'ont pas…

– Nous travaillons beaucoup avec les pays de l'Est. Tchécoslovaquie, Hongrie, Berlin-Est aussi…

Le sourire d'Aldino se troubla, figé au coin des lèvres.

– C'est un problème ? demanda De Luca. Nous avons toutes les autorisations nécessaires, et puis, bon, nous sommes à Bologne…

– Non, non, bien sûr…

– En Russie, nous allons aussi en Russie. Il y a un très beau cercle de jazz, à Moscou.

De Luca l'avait dit en le fixant dans les yeux, mais Aldino avait tout de suite baissé les siens. Le sourire était resté mais maintenant il était si tendu et immobile que lui aussi semblait faux.

– Oui, naturellement… je ne sais pas, j'en parlerai avec les autres.

– Si ce n'est pas trop tôt pour en parler. Je veux dire, vous avez subi deux deuils, vous en particulier, deux amis, non ? Le professeur Cresca et sa femme Stefania…

– J'étais très ami avec Mario, Stefania, je la connaissais à peine, s'empressa de dire Aldino.

Il ne souriait plus.

À ce moment-là, Claudia commença à chanter. Un garçon noir était assis sur le sol et elle se tenait debout à côté de lui. Le garçon jouait de l'harmonica et Claudia chantait, lente et inspirée, mais elle souriait, comme les gens à côté d'elle, certains même riaient.

– Blues, dit Giannino, bien que je n'arrive pas à comprendre les paroles… c'est quelle langue ? De l'abyssin ?

– Du bolonais, dit froidement Aldino. Une version en dialecte qu'elle s'est inventée.

– Voilà, dit De Luca, elle, elle est vraiment bonne.

– Claudia ne fait pas vraiment partie du groupe, dit Albino, sans s'étendre, comme s'il était en train de penser à autre chose. Elle chante dans un groupe de *filuzzi** local.

– Mais elle est bonne, insista De Luca.

Aldino haussa les épaules. Il regardait vers la porte fermée, à côté de celle de la cuisine.

– Oui, elle voudrait faire un disque… si vous permettez, excusez-moi.

Il s'éloigna en hâte et De Luca fit un signe à Giannino, qui s'était déjà mis en mouvement pour le suivre. Deux garçons maigres et de haute taille riaient fort, l'un, le plus grand, portait des bretelles et les serrait comme s'il voulait s'y agripper. Aldino passa entre eux et les repoussa chacun de son côté et ils essayèrent de rire plus bas, sans y parvenir. Puis il s'approcha de la table et se versa un verre de vin. Il but cul sec et en reprit un autre. Il semblait réfléchir et se mordait les lèvres.

Giannino s'était arrêté pour parler avec les gars qui riaient et il riait lui aussi mais sans le quitter du regard. Quand Aldino ouvrit la porte et entra dans ce qui

* Musique de bal typique de Bologne et sa région.

semblait être une chambre à coucher, Giannino aiguilla les garçons de ce côté, entrouvrit la porte à l'aide de son épaule et resta avec eux à plaisanter à côté de l'entrebâillement.

"Bien joué", pensa De Luca, qui avait suivi ses mouvements. Il est vraiment bon, ce garçon.

Il ne remarqua que Claudia était revenue qu'au moment où il sentit son poids sur l'accoudoir du fauteuil. Elle aussi avait un verre de vin en main.

– Écoute, dit De Luca, on peut pas te raccompagner chez toi, on a provoqué Aldino et on dirait que ça marche. S'il se passe quelque chose, il faut qu'on le suive. Désolé.

Claudia haussa les épaules tout en buvant une gorgée de vin.

– Pas de problème. Je me fais raccompagner par Louis.

– Louis ?

Claudia montra le garçon noir qui avait rejoint Giannino et les deux autres.

– Ah, fit De Luca, puis il ajouta : Très bien…

Car il avait senti que son exclamation avait quelque chose de bizarre, hâtif, un peu hargneux. Claudia l'avait entendu aussi et elle sourit.

– Tu es jaloux ?

– Oh, voyons…

– Tu es jaloux parce qu'il est jeune et mignon ou parce que c'est un noir lui aussi et que tu penses qu'il y a quelque chose entre nous ?

– Voyons, Claudia…

La première raison était la bonne, et peut-être un peu aussi la seconde, mais il ne le dit pas. "Voyons", répéta-t-il. Claudia ricana dans son verre en buvant. Le vin lui laissa une nuance rouge sur la lèvre et De Luca eut une très forte envie de l'embrasser.

– J'espérais être avec toi après, dit-elle.

– Moi aussi, laissa-t-il échapper. Mais je ne sais pas quand on finira. Peut-être qu'il ne se passera rien. On verra.

Claudia finit son vin. Puis elle bougea, souleva le genou au-dessus de l'accoudoir et mit les jambes sur celles de De Luca, une en travers des siennes et le pied nu de l'autre appuyé sur sa cuisse à lui. Elle l'avait fait avec naturel, et aussi sans malice, semblait-il, mais elle souriait en coin et le regardait dans les yeux.

De Luca se raidit pour ne pas sursauter trop ostensiblement.

– Eh là... on va nous voir !

– Et alors ? À part une ou deux personnes, les gens qui sont là, j'en ai rien à cirer. Et même qu'ils pensent ce qu'ils veulent, ils le pensent déjà.

Claudia bougea les doigts de pied sous la trame noire des bas et De Luca se raidit encore. Il avait peur qu'elle remonte, peur et envie en même temps, mais Claudia voulait seulement mieux s'appuyer.

– Et puis, on fait rien.

De Luca pensa que, l'autre nuit, ça avait plus ou moins commencé comme ça et le désir de lui caresser les jambes devint si fort qu'il en eut la nausée. Puis Claudia dit : "J'ai envie d'une cigarette", et se leva, le laissant seul, tout enveloppé de ce désir qui semblait l'enfoncer dans le fauteuil.

Pour se distraire, il observa Giannino qui regardait à la dérobée par l'entrebâillement de la porte entrouverte et qui, dès qu'il s'en aperçut, porta rapidement le poing à sa joue, pouce à l'oreille et petit doigt à la bouche, signifiant qu'Aldino était en train de téléphoner.

De Luca hocha la tête et laissa glisser son regard le long de la pièce, avec une fausse nonchalance, comme au hasard, mais il ne réussit pas à repérer Claudia. Ses chaussures étaient encore à côté du fauteuil et il se surprit à espérer la voir revenir là, sur l'accoudoir, près de lui.

Elle ne revint pas.

Comme prévu, peu après, Aldino commença à jeter tout le monde dehors, malgré les protestations et les tagliatelles pas encore finies. De Luca et Giannino sortirent parmi les premiers et se glissèrent à l'intérieur de l'Aurelia garée piazza Maggiore, devant San Petronio. Ils avaient garé la voiture de manière qu'elle pointe vers l'immeuble d'Aldino, mais cachée derrière un break. Et, à travers le pare-brise, ils virent les gens sortir du porche, y compris Claudia avec le garçon noir.

Giannino aurait voulu dire quelque chose, ça se voyait au sourire qu'il avait esquissé, mais il n'eut pas le temps, parce que Aldino ouvrit la fenêtre qui donnait sur la place et se pencha au-dehors pour regarder d'un côté et de l'autre.

Il le refit à trois reprises, à intervalles rapprochés, puis, la dernière fois, il referma tout de suite la fenêtre comme s'il avait vu ce qu'il cherchait.

C'était la Fiat 500 noire que De Luca et Giannino avaient déjà vue devant le Modernissimo, quelques soirs auparavant, à la fin du concert de l'Alma Mater. Aldino y était monté en courant avec celui que Giannino avait appelé "la tortue chauve".

– Bingo, ingénieur, murmura Giannino. Voilà Giorgini, l'espion. *Dasvidania tovaritch,* ajouta-t-il, et il leva même le poing. Qu'est-ce qu'on fait ?

– Rien. On attend qu'ils partent et on les suit.

Ils ne partirent pas. Aldino sortit de l'immeuble, jeta un regard circulaire et rejoignit la Fiat 500 rangée sur le Crescentone de la piazza Maggiore, à l'écart des autres voitures garées là. Il entra à l'intérieur, la voiture resta là. Depuis l'Aurelia, De Luca et Giannino voyaient les silhouettes encadrées par la vitre arrière de la Fiat. Ils semblaient discuter avec animation. Le verre commençait à se couvrir de buée, éclairé juste un instant par une lueur rapide, comme si quelqu'un avait allumé une cigarette.

– Et maintenant ? demanda Giannino.

– Nous devons réussir à nous approcher pour entendre ce qu'ils disent.

– Je m'en charge.

– Ne te fais pas choper. Passe derrière les autres voitures.

Giannino ouvrit la portière mais, à cet instant, Aldino sortit de la Fiat. Il regagna son immeuble en toute hâte, sans se retourner, et disparut sous le porche.

– Et maintenant ?

– Ferme-la. Dès que la Fiat repart, je la suis et tu restes là à surveiller Aldino.

– Par ce froid ? Vous voulez ma mort, ingénieur ?

De Luca ne répondit pas. Il lui fit signe de se bouger et Giannino se souleva du siège pour que De Luca se glisse sous lui jusqu'au volant, prêt à partir.

Mais la Fiat 500 ne bougea pas. La silhouette de Giorgini était immobile à la place du conducteur, comme s'il attendait quelque chose.

– Peut-être qu'Aldino va redescendre et qu'ils vont partir ensemble, comme ça je me gèlerai pas dehors, ingénieur. Qu'est-ce que vous en dites, ingénieur, il a dû aller chercher quelque chose...

Mais Aldino ne descendit pas. Ils le virent une fois apparaître derrière la fenêtre, vitres fermées et lumières éteintes, juste une silhouette, lui aussi.

– Il y a quelque chose qui ne tourne pas rond, dit De Luca.

La vitre arrière de la Fiat 500 n'était plus embuée. Giorgino était clairement visible, appuyé à la portière, comme s'il dormait.

– Tu sais quand les vitres d'une voiture s'embuent ?

– Quand on respire.

– Voilà.

Ils sortirent ensemble et s'approchèrent de la Fiat 500, un à droite, l'autre à gauche. Giannino avait aussi sorti son pistolet, qu'il gardait à bout de bras, caché derrière la cuisse. Le côté de De Luca était celui du chauffeur. Il vit tout de suite que dans la capote de la voiture il y avait un trou, rond, aux bords déchiquetés. Et quand il ouvrit la portière, le corps de Giorgini glissa au-dehors, en arrière, restant à moitié sur le siège, bras ouverts comme un crucifié. Il y avait un petit orifice à la place de la lèvre supérieure et un plus grand sur l'arrière du crâne chauve, un peu au-dessus de la nuque. En main, le doigt encore dans le pontet, le bout contracté sur la détente, il avait un pistolet automatique avec un long silencieux vissé sur le canon.

– Putain de Maremme ! s'exclama Giannino, apparemment plus surpris qu'ému. Aldino a tué Giorgini !

– Surveille si quelqu'un arrive, intima De Luca, puis il s'agenouilla pour se pencher sur le corps de Giorgini.

Il lui tâta la poitrine du bout des doigts, glissa la main sous la veste et en sortit le portefeuille, qu'il empocha. Il fit un geste pour prendre le pistolet mais s'arrêta, car il n'avait pas de gants. Il le montra à Giannino, qui l'empocha, et lui indiqua aussi le tableau de bord. Giannino ouvrit la boîte à gants et en sortit une liasse de feuilles enroulées, tenues ensemble par une ficelle. Empochée elle aussi. Il y avait la carte grise de la voiture dans la boîte à gants. De Luca la lui fit prendre aussi, puis dit : "Allons-nous-en", parce qu'il avait vu arriver un veilleur de nuit à bicyclette, encore loin, sous le portique de Pavaglione, mais il se dirigeait droit sur eux.

Avant de monter dans l'Aurelia, tandis que Giannino démarrait, De Luca lança un coup d'œil à la fenêtre d'Aldino et il le vit, une forme dans le noir, collé à la vitre, qui les observait.

– Nous cherchons quelque chose en particulier ?

– Non. Nous avons soustrait quelques pièces à conviction pour les examiner, ne pouvant le faire officiellement.

Le pistolet à silencieux était un petit Browning calibre 6.35 et il se trouvait déjà dans leur boîte à gants, enveloppé dans un chiffon. Dans le portefeuille de cuir marron se trouvaient les papiers de Giorgini Amleto, né à Corticella, etc., etc., profession typographe, et beaucoup d'argent, six billets de 5 000 pliés en quatre, qui le rembourraient comme un coussin. Tout cela aussi était dans la boîte à gants. La liasse de feuilles était, elle, déroulée sur la banquette de la voiture. C'étaient des ordonnances en blanc. De Luca en prit une et l'inclina sous la lumière du plafonnier pour l'étudier.

– Vous avez vu de quelle couleur elles sont, ingénieur ? demanda Giannino.

De Luca hocha la tête. C'étaient les formulaires jaunes qui servaient pour demander des médicaments particuliers, les stupéfiants, par exemple.

– Comment peut faire un typographe pour avoir toutes ces ordonnances ? demanda Giannino, malicieux.

De Luca les enroula, les attachant de nouveau avec la ficelle, et ouvrit la boîte à gants pour les jeter à l'intérieur. Il lui revint à l'esprit l'enveloppe ensanglantée trouvée dans la corbeille à papier de la mansarde et les lettres imprimées sur le ruban de la machine à écrire.

– Je dirais que nos recherches sur le docteur Pirro se restreignent à un médecin de Bologne, dit-il. Et, en tout cas, c'est Aldino qui nous le dira, lui qui est pharmacien et qui s'y connaît en ordonnances.

– Vous savez ce que j'ai pensé à l'instant où je suis entré dans cet appartement, ingénieur ? "Eh ben, ça rapporte de faire pharmacien à Bologne." Mais vous êtes sûr qu'il aura envie de nous parler ?

De Luca haussa les épaules.

– Probablement pas. Mais il le fera quand même.

Il compta sur le bout des doigts :

– Nous l'avons provoqué, nous l'avons vu et nous avons même l'arme du crime. Je suis sûr que ça a été un accident, le type armé, c'était Giorgini, il y a eu une bagarre et le coup est parti, mais sur le pistolet il doit y avoir aussi les empreintes d'Aldino. Ou, du moins, c'est ce que nous lui dirons quand nous le convoquerons par téléphone.

Ils étaient garés au bout de la via Zamboni, assez loin de la place, mais ils entendirent quand même la sirène d'une voiture de patrouille qui passait de ce côté-là.

– Si on ne l'arrête pas avant. Mais vu comment ils travaillent, à la Criminelle, il faudra au moins deux jours avant qu'ils fassent le lien entre Aldino et Giorgini.

– Très bien. Qu'est-ce qu'on fait, alors ?

– On trouve un bar qui a un téléphone et un annuaire. Et tant qu'on y est, on se prend aussi un cappuccino.

Aldino attendit au moins la dixième sonnerie pour répondre. De Luca vit que Giannino lui faisait le compte avec un signe de la tête à chaque fois, les yeux fermés. Puis, soudain, il les ouvrit et leva une main, pouce et index formant un cercle et les autres doigts tendus.

En plus du cappuccino, De Luca avait commandé aussi un croissant, qu'il dévora à toute vitesse, et bien qu'il fût vieux, dur et sec, il en ramassa même les miettes du bout des doigts dans la petite assiette. Il s'était laissé surprendre par une faim soudaine et maladive, comme il lui arrivait de temps en temps, et il en aurait mangé une dizaine, de croissants aussi rassis, mais il n'y en avait plus. Alors, il se replia sur un mauvais sandwich au saucisson qu'il finit en un éclair, tandis que Giannino, rayonnant, s'approchait du comptoir où De Luca était accoudé.

– Demain à 10 heures. Dans la cave que l'Alma Mater utilise pour ses répétitions, il a les clés et nous y attend.

– Pourquoi pas maintenant ?

– Parce qu'il y a la police dans la rue et qu'il a peur aussi de sortir. C'est un type comme ça, Aldino.

– Pourquoi seulement à 10 heures ?

– Parce que pour lui, c'est tôt. Je vous l'ai dit, c'est un type comme ça. Vous avez faim ? Si vous voulez, je vous emmène dans un endroit sérieux. C'est la période des fêtes, il y a encore des restaurants ouverts.

– Non, non, peu importe… allons dormir. Demain matin, on doit se voir tôt.

– Tôt, ingénieur ? Je vous ai dit qu'Aldino…

– Viens me prendre à 7 heures. Il est temps de retourner à l'appartement du professeur. J'irais bien maintenant mais il fait nuit et je n'y vois rien.

Mardi 29 décembre 1953

“Mais comment elles font, pensa De Luca, comment elles font, les mouches, pour se glisser sur les scènes de crimes les plus hermétiquement scellées ?”

La mansarde où avait été tuée Stefania Cresca était comme ils l’avaient laissée la dernière fois, portes et fenêtres fermées, mais on entendait bourdonner dans l’obscurité avant même que Giannino allume la lumière. Elles volaient sur les taches de sang noir et desséché, rasant le sol, et De Luca se demanda comment elles pouvaient survivre par ce froid humide et glacial, qui continuait à puer la mort.

Sans demander la permission, Giannino alla ouvrir en grand les fenêtres et De Luca ne l’en empêcha pas, à présent assez de temps était passé pour que quiconque passant dehors puisse penser que les lieux n’étaient plus sous scellés.

Ils s’étaient partagé les tâches. À Giannino revenait celle d’examiner avec attention, un à un, les papiers éparpillés sur le sol et le lit.

– Nous savons ce que nous cherchons ? avait-il demandé.

– Non, avait répondu De Luca. Mais, maintenant, nous avons assez d’éléments pour comprendre si nous trouvons quelque chose d’important.

Pour lui, en revanche, il avait réservé la mission plus créative, imaginer ce qui avait bien pu se passer dans cette pièce, et ça l’échauffait au point de lui faire oublier le froid d’un logis sous les toits en décembre et même, ça le faisait transpirer, haleter doucement.

Il l’avait déjà fait, imaginer le meurtre de Stefania Cresca, mais cette fois il mettrait Aldino à la place de Tête de Monstre.

Il ferma donc la porte d'entrée et se plaça devant, bras croisés, au centre d'une ligne brisée qui arrivait jusque dans la salle de bains, à sa gauche, jusqu'à la baignoire. Il imagina Aldino qui frappait et elle qui le faisait entrer sans problème, même si elle avait pris ou allait prendre son bain, vu leurs rapports et les appels assidus des deux derniers jours. Si Aldino avait une clé de l'appartement, ça ne changeait pas grand-chose.

Il imagina Stefania Cresca dans le peignoir de son mari trouvé dans cette garçonnière où il y a encore ses affaires d'homme, celles qu'elle déteste le plus elle les a jetées, les préservatifs dans la corbeille de la salle de bains, les disques de jazz réduits en morceaux, mais elle a dû venir en hâte dans cet appartement pour se cacher, Dieu sait de qui et pourquoi.

Belle femme, grande, les cheveux roux mouillés, pieds nus. Aldino devant elle, blond, courte taille, visage d'enfant et ces petites mains.

À un moment, imagina-t-il, il se passe quelque chose, et il se tourna vers le coin où se trouvait la machine à écrire. Aldino la frappe au visage avec le combiné du téléphone, lui entoure le cou avec le fil, le serre avec ces petites mains, renverse la chaise, lutte et puis s'arrête.

Il l'oblige à s'asseoir au bureau, pour écrire sur cette enveloppe qu'ensuite il déchire et jette dans la corbeille à papier. Sans doute, pensa De Luca, le petit levier qui fait frapper plus haut, sur la bande rouge, était-il resté soulevé et de fait, à bien y regarder, la barrette métallique qui se trouvait sur la glissière dentelée sur la gauche était tachée de sang.

Une autre enveloppe, alors, peut-être, mais pourquoi ça devrait être elle, assise devant la machine à écrire, à taper sur les touches ? Parce que, ensuite, elle doit signer et alors autant qu'elle soit là à tout écrire ? À demi étranglée, avec le sang qui lui coule de la tête et du nez ?

De Luca serra les lèvres dans une moue dubitative, secouant la tête. Il se mit en mouvement et, en suivant les traces ensanglantées des pieds nus, il entra dans la salle de bains, s'arrêtant à côté de l'éventail de marques de doigts imprimées juste en bas de la baignoire. Il y avait une odeur de pourri, et les mouches qui bourdonnaient dans la pénombre, rebondissant entre les parois de formica blanc. De Luca alluma et imagina Stefania qui se précipitait à l'intérieur, nue, le peignoir tombé à terre ou arraché par Aldino qui lui courait derrière, peut-être est-ce lui qui la pousse, puis en bas, la tête dans l'eau, Aldino qui la presse de tout son poids, tout son poids sur le dos, jusqu'à la fin.

Et ensuite ? Aldino perquisitionne l'appartement, il renverse tout, prend ce qui a été écrit à la machine, l'enveloppe dans la corbeille presque entière, il en oublie un coin, bon d'accord, mais il prend aussi les vêtements de Stefania. Pourquoi ? Parce qu'il est trempé et souillé de sang, qu'il ne peut pas sortir comme ça et doit se changer ? En s'habillant en femme ?

De Luca essaya de s'imaginer Aldino en vêtements féminins, avec des chaussures d'homme parce que celles de Stefania étaient encore là devant l'armoire, il le voit sortir via Riva di Reno et la chose lui semble tellement absurde qu'il est sur le point d'en rire. Peut-être l'aurait-il fait vraiment, et pas que dans sa tête, si Giannino ne l'avait appelé.

– Venez un peu par ici, ingénieur !

Il s'exécuta et vit Giannino assis au bord du lit, les papiers déjà examinés bien rangés sur le sol. Il avait deux feuilles à la main.

Deux ordonnances, de la même couleur que celles trouvées dans l'auto de Giorgini.

– Dexédrine et benzédrine, ingénieur. Ce sont deux amphétamines qui aident à s'amuser. Très à la mode chez les étudiants fêtards et débauchés. Et chez les musiciens, naturellement, surtout les jazzmen existentialistes.

De Luca songea aux deux échalas d'étudiants qui ne cessaient de rire et Giannino aussi y pensa, car il les lui évoqua, il s'était rapproché d'eux exprès, l'autre soir, parce qu'ils lui semblaient bizarres.

– Elles sont au nom d'une certaine Stefania Mantovani et regardez la signature du médecin, ingénieur... ça pourrait être celle d'un certain docteur Pirro ?

De Luca prit les ordonnances et s'approcha de la fenêtre pour mieux les exposer à la lumière du soleil hivernal.

– N'allons pas trop vite, dit-il, moi je ne vois qu'un gribouillis de médecin sur un tampon illisible. Mais oui, ce sont bien les ordonnances qui étaient dans la boîte à gants de la Fiat 500.

Il compta sur ses doigts, en les touchant de la pointe de l'index comme s'il les reliait par un fil. Amleto Giorgini, Stefania Cresca, Aldo Scaglianti.

– Il est temps que notre Aldino nous explique quelques trucs.

La cave dans laquelle l'Alma Mater se réunissait pour ses répétitions se trouvait dans un grand immeuble de la via Saragozza, non loin du Collège d'Espagne. On y arrivait après avoir traversé une grande cour arborée cachée derrière une lourde porte de bois.

C'était une chose qui avait toujours étonné De Luca depuis l'époque où il dirigeait les Mœurs de Bologne : à la voir de dehors, depuis la rue, la ville semblait une cité de pierres, de cailloux et de briques, le sol pavé et le ciel même couvert de l'enduit des voûtes des portiques. Puis les vantaux sous les porches s'ouvraient et apparaissaient des fleurs, des buissons et des arbres séculaires, des jardins grands comme des places, presque des forêts, qui traversaient des blocs de maisons entiers jusqu'à la rue parallèle. Il avait toujours pensé que, s'il avait survolé la ville avec un petit avion, à basse altitude, il l'aurait vu tout entier, le cœur vert entre les toits rouges de Bologne. Peut-être voyait-on déjà quelque chose depuis la tour des Asinelli, la plus haute des deux, mais il n'y était jamais monté.

Quand ils étaient arrivés, la porte de l'immeuble était fermée. Ils auraient pu attendre dehors, dans la voiture, mais même s'il n'était pas tout à fait dix heures, De Luca n'aurait pas détesté entrer. Lui tomber dessus à l'improviste, s'il était déjà à l'intérieur, ou le surprendre dans la cour quand il arriverait, ça dérouterait sûrement Aldino, le rendant vulnérable.

C'était un immeuble de luxe, sans gardien mais avec une série de sonnettes sur un interphone. Giannino appuya sur quelques-unes jusqu'à ce que le portail s'ouvre avec un déclic métallique. Ils se hâtèrent d'entrer et se cachèrent sous un arbre, pour qu'on ne puisse pas les voir depuis les fenêtres sur cour.

Au fond, au-delà d'une haie encore recouverte de neige, deux petites portes étaient grand ouvertes, l'une donnant sur un escalier qui montait, et l'autre sur un escalier qui descendait, et quand ils y arrivèrent, ils comprirent, à l'odeur forte et humide, que la seconde conduisait aux caves.

Giannino jura, en aspirant tellement le son *c* de *cane*, chien, qu'il sembla gémir.

– Ingénieur, je suis vraiment un crétin. J'ai laissé les ordonnances dans la voiture.

– Oui. T'es vraiment un crétin. Va les chercher. Je t'attends ici.

Il observa Giannino qui s'éloignait en courant sur le gravier glacé, puis reporta son regard vers le sous-sol, en essayant de percer la pénombre qui le remplissait comme une grotte.

C'était un large couloir, avec un sol de pavés posés sur la terre battue et des portes de bois sur les côtés, dont certaines protégées par des grilles de fer. Celle de l'Alma Mater était une des premières, on le comprenait à l'affiche du concert au Modernissimo fixée au mur à côté du chambranle de la porte. De Luca sourit parce que ça lui avait remis en tête Claudia, mais il ne voulait pas se laisser distraire, alors il descendit les marches de l'escalier.

Aldino était déjà arrivé, car la porte derrière la grille de fer était entrouverte mais De Luca ne voulait pas entrer seul. Deux personnes font toujours plus flics qu'une seule, il le savait bien, et lui, il voulait vraiment l'effrayer, Aldino.

La porte de l'autre côté du couloir n'était fermée que par la grille et on voyait à l'intérieur.

De Luca les avait sentis avant même de se retourner pour les regarder, les saucisses et les jambons accrochés aux poutres du plafond, entre les bouteilles de vin disposées en pyramide contre le mur. Une soudaine fringale lui contracta l'estomac et lui remplit la bouche de salive. Comme d'habitude, son petit-déjeuner s'était réduit à un café mais, maintenant, l'envie violente d'un sandwich lui faisait serrer les dents.

Dès qu'il aurait fini l'interrogatoire d'Aldino, il se ferait conduire chez un de ces charcutiers du centre, de ceux qui ont des trancheuses rouges grandes comme des roues de camion, qui découpaient des tranches de mortadelle vastes comme des draps et de fait, quand il entendit Giannino dans son dos, il dit : “Écoute, par hasard tu connaîtrais un”, mais il n'eut pas le temps de terminer, car ce n'était pas Giannino.

C'était Tête de Monstre.

De Luca essaya de prendre son pistolet mais il arriva seulement à glisser la main dans la poche de son manteau. Avec la puissance d'un boulet de canon, le poing le cueillit à l'estomac, lui coupant le souffle et le laissant bouche bée à tenter d'avaler de l'air, un instant avant que la douleur le plie en deux. Un coup sur la nuque, sec comme une calotte, le fit tomber en avant à travers la porte ouverte de la cave, à genoux sur le sol où il vomit le café du petit-déjeuner sous forme moussue et marron.

Il s'attendait à autre chose, à pire, il en avait peur, plus encore, il en avait la terreur, une terreur qui l'empêchait de bouger et de penser, davantage encore que la douleur pleine et ronde comme une lame qui le tranchait en deux.

Mais il ne se passa rien.

Il n'aurait su dire combien de temps il resta là, à genoux sur le seuil de la cave, mains ouvertes sur les tapis qui recouvraient le sol et la gorge qui lui brûlait presque autant que l'estomac. À un moment, il entendit la voix de Giannino qui l'appelait, “Ingénieur ! Ingénieur !” depuis le couloir, alors il réussit à relever la tête et, d'un coup, oublia la douleur.

Devant lui, parmi les instruments sur leurs trépieds, la batterie sur son piédestal, les photographies de jazzmen et les affiches de concert accrochées au mur, il y avait Aldino.

Suspendu à une poutre, le cou tordu sur le côté et la langue hors des lèvres, déchirée par les dents.

Il avait les genoux pliés parce que, de la pointe du pied, il touchait terre.

L'idée du sandwich à la mortadelle s'était évaporée, brûlée par le reflux gastrique, par la vision d'Aldino pendu et par une pensée qui commençait à faire son chemin dans l'esprit de De Luca, éclipsant tout le reste. Il y en avait aussi une autre, mais pour le moment elle semblait moins urgente.

Pratiquement, ils s'étaient enfuis. La probabilité qu'on les ait vus entrer après qu'ils avaient appuyé sur les sonnettes était élevée et ils n'avaient pas le temps de s'attarder à examiner la énième scène de crime, encore moins d'envoyer Giannino en voiture prendre le Leica pour photographier Aldino, comme De Luca l'aurait fait normalement. Si quelqu'un les avait surpris là, avec un autre mort, peut-être même la police, ça aurait été vraiment la fin.

Et puis, il y avait cette pensée.

– Madone, ingénieur, il s'en est fallu de peu ! S'il vous avait flanqué un coup de couteau plutôt qu'un gnon ! Et moi qui n'étais pas là !

Giannino conduisait vite, comme s'ils étaient vraiment en train de fuir quelque chose. Nerveux, les jointures blanchies à force de serrer les mains sur le volant de l'Aurelia. Plus de sourire publicitaire, aucune ironie, il avait l'air au bord des larmes.

– Tu sais, Giannino, commença De Luca, tu sais quel est le mystère le plus grand dans toute cette histoire ? C'est toi.

– Moi, ingénieur ?

Il avait passé Porta, le long de la via Saragozza, et il se gara devant un café dont l'enseigne allumée brillait sous un portique.

– Je dois boire quelque chose, dit-il.

– Tu essaies de changer de sujet ?

– Non, ingénieur. Pourquoi ?

De Luca gardait la main dans son manteau, sur le pistolet, doigt sur la détente. Il regarda fixement Giannino dans les yeux. Incroyable comme il a l'air sincère, pensa-t-il.

– Comment ils ont pu savoir pour Aldino ? Comment ils ont pu savoir qu'on le rencontrerait justement ce matin ? Il était vraiment à dix heures, notre rendez-vous ? Et pourquoi tu as trouvé une excuse pour partir, en me laissant seul avec Tête de Monstre ?

Il aurait compté les questions sur le bout des doigts, mais il ne pouvait pas parce qu'il empoignait le pistolet, poussant à l'intérieur de la poche, vers Giannino. S'il faisait un mouvement malheureux, il lui tirerait à travers le tissu.

Giannino, au contraire, ne fit rien. Il semblait ne pas avoir non plus remarqué le pistolet, il regardait De Luca bouche bée, toujours plus prêt à fondre en larmes.

– Mais… dit-il. Mais…

– Te fiche pas de moi. On t'a envoyé ici pour m'aider, on t'a mis avec moi avec mission de me surveiller et de saboter mon enquête. Tu fais quoi, tu exécutes des ordres ? Ou bien on te fait chanter parce que…

Il leva sa main libre mais il la garda immobile en l'air, parce que l'expression de Giannino avait changé. Les yeux, oui, ils semblaient toujours sur le point de pleurer, mais les lèvres s'étaient étirées dans un de ses sourires ironiques, mais sans trace d'amusement, cette fois, un sourire de colère.

– Parce que je suis ? Parce que je suis quoi, ingénieur ? Un "inverti", un "pédé", un "sodomite" ? Le mot qui est à la mode dans les journaux, c'est "contre-nature", à Bologne on dit *busone,* nous, à Florence, on dit *buco,* trou, énonça-t-il en aspirant tellement le *c* qu'il en toussa. Vous, vous dites comment, ingénieur ? Qu'est-ce que vous vouliez faire avec cette main, ça ? demanda-t-il en se passant le bout du doigt sur le bord de l'oreille. Ou ça ? insista-t-il en poussant en avant son poignet sous le poing fermé comme un piston et il le fit si fort qu'il appuya sur le klaxon, provoquant un son de trompe*.

De Luca sursauta sur le siège et lâcha le pistolet, car il avait failli presser la détente. Il ne s'attendait pas à cette réaction, alors il ne répondit pas et garda le silence, donnant le temps à Giannino de se calmer un peu.

– Mais bien sûr qu'ils me font chanter, c'est évident ! Ils ne m'auraient pas choisi si je ne donnais pas prise

* Giannino mime deux gestes qui désignent les homosexuels en Italie.

au chantage. Et vous ? Pourquoi est-ce que vous croyez qu'ils vous ont embauché, ingénieur, seulement parce que vous êtes fort ? Ils vous ont pris parce qu'ils vous tiennent par les couilles, comme moi ! Et attention, c'est pas un double sens.

Sourire ironique, mais de fureur, parce qu'il ne s'était qu'à peine calmé. De Luca continuait à garder le silence. Il baissa les yeux.

– Et puis, c'est évident qu'ils m'ont chargé de vous espionner, sainte mère de Dieu, c'est évident ! Ils ne vous font pas confiance, pourquoi le devraient-ils ? Le commandeur me l'a dit bien clairement : rends-moi compte de tout ce que fait le commissaire, colle-lui au cul, et là, je ne sais pas s'il y avait un double sens, précisa-t-il sans aucun sourire. Sauf que je ne l'ai pas fait ! Je lui ai raconté le minimum indispensable, les découvertes les plus banales et, depuis quelques jours, je ne l'ai plus appelé. Au début, Aldino faisait partie du minimum indispensable, ça paraissait pas si important, mais je ne lui ai pas parlé de Tête de Monstre, je ne lui ai rien dit des Russes ni des ordonnances. Et je ne lui ai pas parlé non plus de la fille. Et vous savez pourquoi, ingénieur ?

De Luca secoua la tête, même s'il était évident que Giannino n'attendait pas de réponse. De fait, il poursuivit sur son élan :

– Parce que vous me plaisez. Dans le sens que vous m'êtes sympathique. Ne vous faites pas d'idées, ingénieur, vous n'êtes pas mon genre, vous êtes trop maigre et trop vieux. Mais vous m'êtes sympathique et vous m'attendrissez, et puis je suis curieux moi aussi de savoir qui a fait tuer la femme, on dirait un polar. Et, si vous me permettez le gallicisme, je suis fatigué d'être tenu par les couilles et, pour une fois, je voudrais que ce soit moi qui la leur mette dans le cul, à eux.

Et il ajouta, sur un ton ironique et aussi un peu amusé :

– Pardon pour le double sens.

– Mais alors, comment ils ont fait pour savoir que ce matin… commença De Luca, mais il s'arrêta tout de suite, parce qu'il connaissait déjà la réponse.

– Le téléphone, dit Giannino. Vous le savez mieux que moi, ingénieur, mon papa me dit toujours qu'à l'époque, je veux dire, la vôtre, ingénieur, combien ils étaient, les Italiens sur écoute ? Ben, aujourd'hui, c'est peut-être moins mais ça ne doit pas être très différent. On a été deux crétins de l'appeler chez lui, Aldino.

“Oui”, pensa De Luca, “oui”, et il se sentit très stupide. Il avait appelé Claudia depuis le téléphone de la pension, peut-être qu'ils l'écoutaient aussi.

– Allons-y, dit-il en soulevant la poignée pour ouvrir la portière.

Il savait que l'estomac lui brûlerait à lui arracher des larmes, mais il avait besoin de café.

Giannino prit une sambuca, qu'il sirota lentement, parce qu'à présent l'envie de boire quelque chose de fort lui était presque passée.

– Vous savez, ingénieur, dit-il avec un sourire qui, maintenant, n'avait plus rien de furieux ni même d'ironique, seulement un peu triste, je comprends que vous n'ayez pas confiance en moi, dans notre monde personne ne se fie à personne, c'est normal, le contraire serait étonnant. Ce qui m'ennuie, c'est que vous ayez pensé que j'ai voulu vous faire tuer. Je vous jure, je les avais vraiment oubliées, ces ordonnances, dans la voiture.

De Luca opina du chef. Il n'était pas bon quand il s'agissait de parler de certaines choses comme de présenter des excuses ou d'exprimer des sentiments. Il fit comme si rien ne s'était passé, suivant son habitude en certains cas.

Alors, il réprima un renvoi de café de son estomac blessé, serra les dents et dit :

– Je sais qui est Tête de Monstre.

– Hans Helmut Hase, dit Giannino.

Et De Luca ajouta :

– Dit l'Allemand.

Dès qu'il lui avait raconté avoir reconnu Tête de Monstre et avait évoqué qui cela pourrait être, Giannino avait claqué des doigts. Puis il s'était fait donner par le barman une poignée de jetons et s'était suspendu au téléphone mural à côté de la porte des toilettes.

Maintenant qu'il était revenu, il jouait avec un des petits disques de bronze sombre qui lui étaient restés, il le faisait rouler sur le dessus du comptoir avec un bruit léger et désagréable, qui tapait sur les nerfs. Mais De Luca était trop intéressé par ce que Giannino était en train de lui dire pour y prêter attention.

– Mon père le connaît bien. C'est lui qui allait chercher certains Allemands qui risquaient particulièrement leur peau à la fin de la guerre, mais qui allaient servir. SS, Gestapo, services secrets de Himmler… ce Hase, il l'a sorti d'une armoire où il était resté quatre jours, dans un bled près de Milan.

De Luca hocha la tête. Il avait connu Hase quand il était officier des SS chargé de la liaison entre les forces de police italienne et allemande dans la zone où opérait le groupe dont lui faisait partie.

Il se le rappelait, l'Allemand, même si alors il ne l'avait pas encore sa tête de monstre, parce que ce type ne lui avait jamais plu, il n'aimait ni ce qu'il faisait ni sa manière de le faire. C'était un des motifs pour lesquels il avait demandé à s'en aller de la police politique pour passer à la Criminelle, pensa-t-il.

Une pensée rapide, un peu parce qu'il avait envie d'en savoir plus sur Hans Helmut Hase, et un peu parce que cette réflexion l'embarrassait. C'était ça ? Ou bien il s'en était allé parce qu'il avait peur que ça finisse mal pour lui ?

– En tout cas, continua Giannino, mon père l'a chargé dans une jeep avec l'étoile américaine, sous une couverture militaire, et allez. D'abord, ils l'ont envoyé en Allemagne, dans le groupe Gehlen, mais comme ses spécialités étaient plus les communistes italiens que ceux de la RDA, on l'a renvoyé ici. Sous un faux nom, naturellement.

– Il travaille pour qui ? demanda De Luca.

– D'abord, il a travaillé pour les Anglais, maintenant il travaille avec nous… c'est-à-dire, nous les Italiens : Sifar, Bureau des affaires réservées, différents services… mais il n'est pas dans le personnel, c'est une espèce d'électron libre.

– Il a sûrement travaillé pour nous aussi, observa De Luca, qui dit ce *nous* sans plaisir, vu qu'il a tué Cresca pour le compte du Bureau des opérations spéciales de *notre* (toujours avec déplaisir) service. Il faut voir s'il a continué avec nous ou avec quelqu'un d'autre. Sûrement pas avec les Russes, vu ses idées politiques.

De Luca secoua la tête.

– Ça, c'est une affaire typiquement italienne. On sait comment il est devenu Tête de Monstre ?

Giannino avait changé de jeu. Il faisait toujours rouler le jeton mais, au lieu de le reprendre entre les doigts, maintenant il le laissait tomber pour voir s'il se posait sur la face avec une rainure au centre ou sur celle où il était imprimé "Teti" dans le bronze. C'était trop, même pour De Luca, qui tendit une main et le lui prit.

– On le sait, dit Giannino, l'air malicieux. On le sait. Notre ami allemand aime les gamines, pas les enfants, ça au moins non… il lui suffit qu'elles semblent jeune, d'âge très tendre. Il aime passer par l'arrière, je ne sais pas si je me fais comprendre…

Giannino se pencha sur sa chaise et se tapa sur la fesse, deux fois. Puis il se redressa, parce que le barman était arrivé avec le café.

De Luca était tellement absorbé qu'il ne s'en aperçut pas. Il lui venait une idée, à peine distraite par l'odeur amère de l'expresso.

– Ça a été une des premières choses qu'il a demandée quand on l'a enrôlé, ingénieur. Un paquet de fric, un nouveau nom et une gamine bien disposée…

Giannino rit.

– Vous ne le connaissez pas, mon père, c'est un grand moraliste, un puritain, il a épousé une dame de San Vincenzo, mais il a dû lui trouver une fille qui avait l'air d'une écolière et la lui amener au refuge où il était caché.

Giannino se pencha sur la table, baissant la voix, même s'il n'en était nul besoin.

– Le problème, ça a été quand il en est arrivé au morceau du prêtre, dit-il en se donnant deux nouvelles tapes sur les fesses. La demoiselle, personne ne l'avait prévenue, alors elle a refusé, notre ami s'est mis dans une grosse colère et elle, elle lui a flanqué un coup avec un tisonnier. Elle lui a ouvert la tête, un sourcil, la pommette, continua Giannino en traçant du pouce une ligne de ses cheveux à la bouche, et c'est comme ça qu'il est devenu Tête de Monstre.

– Et la fille ? demanda De Luca, d'instinct.

Mais il le savait. Giannino haussa les épaules.

– Il l'a tuée, répondit-il en réunissant ses mains en l'air pour serrer dans le vide, fort.

De Luca plissa le front, pensif, puis prit son café. Il était froid mais il le but quand même. Il tendit une main ouverte.

– Donne-moi un autre jeton, intima-t-il. Je dois passer deux ou trois coups de fil.

Le premier appel, il le passa à un numéro qu'il savait par cœur.

Cinq ans étaient passés mais il doutait qu'il ait changé et de fait, quand il entendit en fond sonore le cliquetis des machines à écrire, lent et rythmé, typique du flic qui tape à deux doigts, il comprit que c'était le bon avant même que le planton lui réponde.

– Brigade des Mœurs, à vos ordres.

Et Di Naccio aussi était encore là, adjudant maintenant, comme il entendit le planton l'appeler en hurlant, et il pouvait très bien se l'imaginer comme alors, petite cravate serrée, veste flottante sur ses épaules tombantes, un visage long et triste de commissariat, le chapeau toujours sur le crâne, même au bureau, juste un peu tiré en arrière.

– Commissaire ! lui dit-il. Commissaire, quel plaisir !

Et à s'entendre appeler ainsi, avec cet enthousiasme sincère, De Luca sentit une boule dans la gorge.

Pour le deuxième coup de fil, il dut lire le numéro écrit sur un bout de papier, parce qu'il n'avait jamais été très bon pour les retenir.

Il s'était préparé à une série de sonneries dans le vide et aussi à un formel "Bonjour, excusez-moi, s'il vous plaît, je cherche…", mais Claudia lui répondit tout de suite, d'une voix si rauque et basse qu'elle oui, il eut du mal à la reconnaître.

Les décombres de la guerre étaient toujours là, même si visiblement on était en train de les déblayer et que très bientôt on construirait dessus. La route était neuve et bien éclairée par les lampadaires, alors que pour le reste on se serait cru à la campagne. Maisons de paysan, pergolas dépouillées par l'hiver, tas de bois, il y avait un petit restaurant ouvert, avec une fumée dense qui sortait de la cheminée pour se perdre aussitôt dans le ciel obscur du soir. "Grenouilles et poisson", était-il écrit à l'intérieur d'un rectangle tracé directement sur les briques, et au bruit on comprenait que c'était plein.

La maison de Claudia était juste sur l'arrière. Pour y arriver, il fallait traverser la cour de la trattoria, qui était couverte de neige, mais l'été ce devait être beau, avec les tables dehors et cette odeur de grillades qui arrivait sûrement avec plus d'intensité. De Luca eut aussi faim, étrangement, et il pensa que si Claudia n'avait pas encore mangé, il pouvait l'emmener là.

Elle vint lui ouvrir à la porte de bois massif, De Luca entendit la targette qui glissait dans les œillets, à l'intérieur. Fagotée dans un gros pull de laine brute, à col haut, remonté jusqu'au nez, pantalon d'une salopette de travail trop grande et des chaussettes militaires aux pieds. Rien qu'à ses yeux, on voyait qu'elle avait la fièvre.

Elle le tira à l'intérieur, frissonnant sous le froid du dehors, et courut jusqu'au canapé devant la cheminée où brûlait le feu, et elle sauta dessus, glissant ses genoux sous le pull. La pièce était grande, cuisine d'une maison de campagne avec un escalier menant à l'étage et de fait, à part la zone à proximité immédiate du feu, le reste était dans un froid glacial.

– Tu es malade ? s'enquit De Luca.

– Ça ne s'entend pas à ma voix ? J'ai pris froid... sinon, je ne serais pas ici ce soir. Je devais aller en Romagne avec l'orchestre de mon père.

– Voix basse et rauque, très sensuelle.

– Oui, tu parles. Pour le blues, peut-être, pas pour *Bèla Bulagna*.

Elle chantonna *A Bologna c'è tutto di bello, l'è dal mònd la piò bèla zité*: "À Bologne tout est beau, c'est la plus belle ville du monde", mais sa voix se brisa dans un accès de toux. Mais c'était vrai qu'ainsi, douce et profonde, et brisée aussi, elle avait quelque chose de très sensuel.

De Luca alla s'asseoir à côté de Claudia, qui glissa sur le divan, se recroquevillant contre lui. Il lui mit un bras sur l'épaule, la serra.

– Je pensais t'inviter à dîner, dit-il.

Claudia montra une casserole qui mijotait sur le fourneau de la cuisine économique. Odeur de bouillon, sans aucun doute.

– Je te voyais pas du genre qui invite une fille à dîner. Je n'ai pas l'impression que ça t'intéresse beaucoup, de manger.

– J'ai toujours eu l'estomac bloqué.

– Ce sont les mauvaises pensées.

– Oui, peut-être. Disons, oui.

– Alors, si tu veux m'inviter à dîner, c'est qu'il y a un motif spécial. Qu'est-ce que t'as en poche, une bague ? Tu vas te mettre à genoux et me demander en mariage ?

Elle plaisantait et De Luca sourit.

– Je suis venu parce qu'il y a deux ou trois trucs que je veux te demander et d'autres que je veux te dire.

– Ah oui ? Je croyais que tu étais là pour me voir.

– Ça, sûrement.

Il l'avait dit avec tant de sincérité instinctive que Claudia laissa échapper un sourire, mais pas amusé, comme celui de De Luca auparavant, un sourire heureux.

Elle se mit à genoux sur le divan, le prit par le col du manteau et l'embrassa, le poussant en arrière, contre les coussins. Elle brûlait de fièvre, De Luca le sentit quand elle retira son chandail par-dessus sa tête et qu'il eut ses flancs entre les mains. Les lèvres aussi étaient brûlantes, et la langue aussi.

– Tu es malade… dit de nouveau De Luca, mais elle secoua la tête.

– Pas à ce point-là.

Elle avait remis son pull et maintenait à nouveau ses genoux sous la laine brute, mais à présent elle avait les jambes nues, relevées sur le canapé, et elle était pieds nus. Elle soufflait sur une tasse de bouillon brûlant. De Luca lui aussi en avait une entre les mains et il attendait, l'estomac gargouillant, parce qu'il s'était déjà brûlé la langue.

Seules les flammes de la cheminée éclairaient la pièce. Leur éclat se reflétait sur le visage de Claudia rougi par la fièvre et lui faisait deux ombres profondes sous les yeux, un peu plus sombres que sa peau. Elle était quand même bien belle et De Luca imagina le sien, de visage, creusé de cette manière mais pâle comme celui d'un mort, il devait en fait ressembler à une tête de mort.

– Nous avons commencé à vivre ici juste après la guerre, disait-elle. Il y avait déjà la trattoria et mon père est dingue de grenouilles, quand il a vu qu'il y avait un logement libre, il l'a pris tout de suite.

– Jamais pensé retourner à Asmara? demanda De Luca. Il aimait la voir parler, l'entendre, oui, mais aussi la voir. Les lèvres ne bougeaient pas, elles glissaient sur les dents blanches, son front se plissait dans une petite ride entre les sourcils quand elle s'arrêtait pour réfléchir, entre deux phrases.

– Mon père n'a jamais voulu. Trop de mauvais souvenirs. Les fascistes, les explosions, la mort de ma mère.

– Et toi?

Il aimait *la voir* parler d'elle, ces petites rides sur les côtés de la bouche, quand elle serrait les lèvres.

– Moi, je n'ai pas de souvenirs d'Asmara. J'étais trop petite. Qu'est-ce que tu voulais me dire? Tu as trouvé la preuve que Stefania a tué Mario?

– Non. Elle n'y est pour rien.

Claudia lui lança un coup d'œil. Rapide mais intense. Déçu.

– Au contraire… en fait, il ne s'agit probablement pas d'un crime. C'est sans doute vraiment un accident, voilà. Oui. Nous avons trouvé des preuves que… sûrement.

Un autre coup d'œil, toujours rapide et fort et aussi déçu, mais avec quelque chose en plus. Du chagrin. De la détresse, presque.

– Alors, ton enquête est terminée. Tu as fini ton travail.

C'était pour cela qu'elle était si triste? Parce que, alors, il allait s'en aller?

De Luca posa sa tasse par terre et se déplaça sur le canapé, plus près de Claudia. Il boutonna son pantalon, car il se sentait ridicule ainsi et en même temps il pensait à ce qu'il devait lui dire. Il n'avait jamais été doué pour exprimer ses sentiments, il avait déjà réfléchi à cela, mais il y avait tant de choses, des choses qui pesaient en lui comme des masses, qui l'étranglaient d'angoisse, des faits, des mensonges, des souvenirs, et il n'en pouvait plus de les garder pour lui comme ça, comme si de rien n'était.

Il ne pouvait pas tout lui raconter, il ne voulait pas, mais au moins quelque chose. Il ne savait pas par où commencer.

– Écoute, Claudia… je ne suis pas un enquêteur de l'assurance.

– Ah non ? Et qu'est-ce que tu es ?

– Je suis un policier.

Claudia ne dit rien. Elle fixait le bouillon dans la tasse comme si elle n'avait pas entendu, ses cernes paraissant encore plus profonds, creusés par le feu. Elle souffla aussi, un souffle rauque qui finit dans un nouvel accès de toux.

– Mon ami et moi, nous sommes des policiers chargés de suivre une enquête. Incognito.

– Sur la mort de Mario ? murmura Claudia, d'une voix si basse que De Luca eut du mal à l'entendre.

– Non. Oublie-le, ton Mario. Ça, ça a été un accident.

“Premier mensonge”, pensa De Luca, premier mensonge qu'il gardait en lui.

– Je suis ici pour enquêter sur le meurtre de Stefania Cresca.

Claudia hocha la tête. Ses yeux étaient très brillants mais cela ne semblait pas seulement l'effet du refroidissement. Elle renifla.

– Donc, dit-elle, tu n'es ni un imprésario, ni un enquêteur de l'assurance. Tu es policier. Et comment tu t'appelles vraiment ?

– Morandi, dit De Luca. Commissaire Morandi.

Deuxième mensonge. Aussi lourd que le précédent.

– Et tu as un prénom, commissaire Morandi ?

– Giovanni, dit De Luca, car c'est du moins ce qu'il lui semblait : il était sur les papiers mais il ne s'en servait jamais.

Claudia serra la tasse si fort qu'on eût dit qu'elle voulait la briser entre ses doigts. "Là, elle me la jette à la figure", pensa De Luca.

– T'es un policier... un flic. Et tu es là pour découvrir qui a tué Stefania, murmura Claudia.

– Et Aldino.

– Aldino ?

Claudia aurait hurlé de surprise si elle avait eu assez de voix, mais son enrouement la lui brûlait dans la gorge.

– Aldino... mais comment... quand...

– Ce matin, dit De Luca. Il s'est pendu, mais je ne crois pas qu'il l'ait fait tout seul. Demain, ce sera dans le journal.

Claudia but son bouillon et ne le lui jeta pas à la figure. Une longue gorgée qui lui éclaircit la voix, la faisant haleter, le regard perdu dans le vide.

– Mais pourquoi ?

– C'est une histoire compliquée. Je crois, ou plutôt je suis sûr qu'Aldino faisait des affaires avec un médecin et un typographe, qu'il vendait de la drogue grâce à de fausses ordonnances et ça a quelque chose à voir avec Mme Cresca.

– Et on l'a tué pour ça ? Et Stefania aussi ?

– Je ne sais pas. Tu as déjà entendu quelque chose de ce genre ? Aldino, le typographe Giorgini, le docteur...

– Aldino avait toujours quelque chose pour ceux qui le lui demandaient. Des musiciens, surtout, des étudiants, des amis... il était pharmacien, non ?

– Tu ne me l'as pas dit...

– Et à qui je devais le dire ? À l'imprésario ? À l'assureur ? Au policier ?

Claudia plongea ses lèvres dans la tasse, parce que sa voix s'était de nouveau éteinte dans sa gorge quand elle avait essayé de la faire sortir avec colère. De Luca l'imita, il but son bouillon qui lui descendit dans l'estomac encore chaud, avec un sentiment de bien-être nullement adapté à la situation. Elle, pendant ce temps, avait recommencé à fixer le vide de ses yeux brillants, en reniflant. Elle s'était aussi écartée, pas beaucoup, mais assez pour ne plus le toucher.

– Écoute, Claudia, dit De Luca au bout d'un moment. Il y a un gros type qui fait peur, nous on l'appelle Tête de Monstre parce qu'il a un œil, expliqua-t-il avec un geste. Tu l'as jamais vu, un type comme ça ? Avant, maintenant, ces derniers jours… tu l'as jamais remarqué ?

Claudia secoua la tête sans rien dire. Elle fixa De Luca et derrière ce voile de larmes, quoi que ce fût, il y avait un regard qu'il ne parvint pas à comprendre.

– Tu veux que je m'en aille, lui dit-il, et ce n'était pas une question, il avait déjà commencé à boucler sa ceinture mais elle l'arrêta d'une main.

– Mon père rentre demain et moi je ne veux pas rester seule cette nuit. Reste avec moi.

De Luca hocha la tête. Elle se rapprocha de lui, se recroquevillant dans son manteau comme sous une couverture, pieds nus sur sa cuisse, jambes contre sa poitrine et tout le reste dans ses bras, une petite fille.

– Depuis toujours je suis au milieu de choses fausses, même quand elles sont vraies. Je suis Claudia et je suis Franca, je suis italienne et je suis africaine, je chante le jazz et la *filuzzi*, on me tire tout d'un côté ou tout de l'autre et moi, je m'y perds, je ne sais même plus qui je suis. Donc, s'il te plaît, toi au moins, commissaire Morandi, toi au moins, sois sincère avec moi. Jamais plus de mensonge.

– Oui, d'accord, mentit De Luca. Jamais plus de mensonge.

Plus tard, au lit, comme ils étaient enlacés sous la courtepointe qui les couvrait jusqu'aux oreilles, Claudia se serra encore plus contre lui, brûlante de fièvre. Ils parlaient, il aimait la voir parler dans la pénombre d'une bougie, maintenant. De Luca avait évoqué Aldino.

– C'était un con, lui aussi, murmura Claudia. Je suis surtout désolée pour l'Alma Mater. Maintenant, je suis à moitié au chômage.

– Tu t'en fiches. Tu vas faire un disque.

– Je vais faire un essai, dit Claudia, lentement, après un instant de silence.

– Ça va très bien se passer, rétorqua De Luca, là aussi avec tant de spontanéité qu'il lui arracha un sourire. Tu es très forte. Et tu es décidée. Tu as dit que tu sais ce que tu veux, non ?

– Et qu'est-ce que je veux, d'après toi ?

– Tu veux être une chanteuse de jazz.

De Luca la sentit hocher la tête contre sa poitrine. Puis il la sentit sursauter, comme pour retenir un sanglot. Il allait lui dire quelque chose mais elle l'embrassa fort, avec fureur, presque, lui écrasant les lèvres sur la bouche, des lèvres brûlantes comme le reste de son corps nu.

Après, elle s'endormit tout de suite, respirant doucement et tranquillement une grande partie de la nuit, comme si le rhume était passé.

De Luca resta réveillé jusqu'au chant du coq, tôt le matin.

Il l'avait entendue pleurer dans son sommeil et cela avait dénoué en lui une tendresse déchirante qui avait dilué ses angoisses, mais pas assez pour lui permettre de s'endormir. Il était tombé amoureux de cette femme à laquelle il ne pouvait dire qu'il faisait partie d'une organisation qui avait tué son ami. Bon, ce n'était pas lui en personne qui l'avait fait, ça ne lui plaisait pas et il ne l'approuvait pas non plus, mais pour elle ça aurait été pareil.

Maintenant, comme autrefois.

Suffirait-il de dire : “Je suis un policier” ?

Mercredi 30 décembre 1953

Le lendemain, il ne se passa pratiquement rien, à part une autre visite du commandeur D'Umberto, qui convoqua De Luca à l'heure habituelle, au bar de la gare habituel, pour les habituels *bomboloni* à la crème. Tout fut pareil, y compris le garçon ensommeillé, seules les guirlandes étaient différentes, non plus de Noël mais du jour de l'An.

Giannino l'avait appelé chez Claudia, la tirant du lit, terrorisée à l'idée qu'il était arrivé quelque chose à son père, pour ensuite le réveiller lui, qui venait juste de s'endormir.

De Luca fit un rapport rapide et presque identique au précédent, notamment parce qu'il garda pour lui tout ce qu'ils avaient découvert et qui aurait pu en quelque manière compromettre l'enquête. Ce ne fut pas difficile, car le commandeur semblait plus intéressé par les *bomboloni* et qu'il était distrait par l'autre affaire, celle qui l'avait conduit à Milan.

– L'affaire Montesi, en bas, à Torvaianica, devient de plus en plus désagréable, raconta-t-il, la bouche pleine, et elle risque d'impliquer des amis. Mais vous savez ce qui m'agace le plus ? Que maintenant c'est devenu une affaire tout à fait romaine et que je n'ai plus besoin d'aller à Milan. De Luca, donnez-moi un motif pour monter de nouveau à Bologne, fiston, utilise-le, ce flair de chasseur, utilise-le.

Le reste de la journée, Giannino et De Luca restèrent à macérer dans leur impuissance.

De Luca parce qu'il aurait voulu voir Claudia, mais il l'avait laissée avec la fièvre, il savait qu'elle était mal et que M. Paride s'occuperait de la soigner.

Giannino parce qu'il voulait avancer dans l'enquête, faire quelque chose, "utiliser son flair", comme avait dit le commandeur D'Umberto.

De Luca aussi la ressentait, l'excitation de la chasse, mais il savait d'expérience qu'ils étaient arrivés à un point où il fallait seulement attendre. Comme pour une planque. Un piège.

– On doit attendre qu'il y tombe tout seul. Mais on ne peut pas le laisser s'échapper. C'est le seul témoin qui nous reste.

– Le seul témoin ? demanda Giannino, car De Luca l'avait dit pour lui-même, quoique à voix haute, comme s'il parlait seul. Et qui est-ce ?

– L'Allemand. Tête de Monstre.

Jeudi 31 décembre 1953

Le piège se déclencha le lendemain, vers le soir.

L'adjudant Di Naccio appela De Luca à la pension et De Luca appela Giannino dans la chambre de location où il vivait à Bologne. Il lui donna l'adresse où aller directement, sans passer le prendre parce que c'était tout près et qu'il y arriverait plus vite à pied que Giannino en voiture.

La via delle Oche était à peine plus qu'une venelle, resserrée à moitié par un bloc de portique qui ressemblait presque à une tourelle. De Luca la connaissait bien, très bien, parce que derrière chaque porte d'immeuble et derrière chaque lunette de chaque voûte d'entrée il y avait un bordel et, en tant que chef de la brigade des Mœurs à Bologne, il les avait tous visités. L'un en particulier, au numéro 16, où avait été commis un meurtre, mais c'était une vieille histoire et ce n'était pas ce qui les intéressait.

Il y avait une banderole suspendue entre deux immeubles, attachée aux volets de deux fenêtres fermées, long rectangle d'étoffe qui semblait fabriqué avec un vieux drap, portant l'inscription "Bonne année 1954!" à la peinture rouge.

– J'étais sur le point d'aller à un réveillon, ingénieur. Avec ma copine.

– Ta copine ? le reprit De Luca, et Giannino haussa les épaules.

– C'est pour mon père. Donc, vous comprenez bien que je m'en tape de la perdre. On va en avoir une ici aussi, de fête ?

De Luca montra les lumières jaunes qui brillaient derrière les lunettes au-dessus des portes d'entrée des immeubles. On entendait déjà de la musique qui venait des fenêtres garnies de barreaux. Accordéon et guitare, certains devaient être en train de répéter.

– Le jour de l'An se fête aussi dans les bordels, dit De Luca.

Giannino eut une grimace.

– Je voulais dire pour nous… une fête pour nous.

– Di Naccio a fait savoir partout ce que nous cherchions et Mme Clelia, qui gère le 19, répondit De Luca en montrant la porte, et qui lui est pas mal redevable, l'a appelé tout de suite. L'Allemand est passé plus tôt, quand c'était fermé, en demandant une gamine comme il les aime avec sortie par derrière.

– Vous voulez dire une entrée, ingénieur.

De Luca lança à Giannino un coup d'œil de commisération mais il s'aperçut tout de suite qu'il ne plaisantait pas sur un double sens, il avait parlé sérieusement.

– Une sortie pour partir après. Mais aussi pour entrer, il va probablement y avoir un tas de gens ici très bientôt, et pas seulement pour les bordels, nous sommes en plein centre. Tête de Monstre est un type réservé, mais si quelqu'un le voit, il le remarque et s'en souvient.

– Très bien. Et alors ? Qu'est-ce qu'on fait ?

Le numéro 19 n'avait pas de sortie sur l'arrière, personne n'en avait sur la via delle Oche mais ça n'avait pas d'importance pour Tête de Monstre. Il avait une chambre pas très loin, il suffisait que la fille l'y rejoigne. Mme Clelia avait hésité, Annetta seule avec ce vilain bonhomme-là, si elle ne revenait pas vite, elle enverrait Alfio et Marchino, qui avait été au championnat junior des poids Welter, bref, bon d'accord.

– Et donc, qu'est-ce qu'on attend ici ? On va où il est, non ?

Mme Clelia connaissait la rue, mais pas la maison. Tête de Monstre avait demandé qu'on lui envoie la fille à 9 heures, elle devait arriver au petit pont sur le canal et là, elle le trouverait lui qui l'emmènerait.

– On attend que cette Annetta sorte et on la suit. On débusque l'Allemand, on le prend et on l'embarque.

– Et s'il ne vient pas ?

“Espérons qu'il vienne”, pensa De Luca, et il allait le dire mais Giannino le devança.

– Je plaisantais. Oui, il va venir, assura-t-il en tapant de la main sur la poche de son manteau, où il gardait son pistolet.

Annetta ressemblait vraiment à une petite fille, serrée dans son petit manteau d'alpaga, un bonnet de laine sur ses boucles blondes et des grosses chaussures rouges aux pieds. Mme Clelia l'avait rappelée à l'intérieur parce qu'elle avait oublié de s'enlever le rouge à lèvres et, quand elle était ressortie, De Luca et Giannino avaient commencé à la suivre, l'un de plus près et l'autre plus en arrière, sur le côté opposé de la rue.

Annetta descendit le long de la via Piella, en sautant par-dessus la neige fraîche vraiment comme une enfant, elle traversa la via Bertiera et s'arrêta à la hauteur de la passerelle sur le canal des Moline.

Tête de Monstre se matérialisa au coin de la via Righi, comme s'il avait toujours été là à attendre, alors que De Luca et Giannino ne l'avaient pas vu. Il portait un chapeau tyrolien de feutre vert, baissé sur le visage, et une veste de cuir si raide qu'on aurait dit une armure. Annetta avait dû être préparée par Mme Clelia parce qu'elle n'eut pas peur quand il fut assez près pour qu'elle voie son visage. Elle se laissa même prendre par la main.

La maison n'était pas exactement via Piella, mais déjà via Augusto Righi, en fait juste quelques mètres un peu plus loin, après l'angle de la rue. De Luca et Giannino les regardèrent entrer, cachés dans l'ombre du portique, de l'autre côté.

– On attend qu'il ressorte ? demanda Giannino.

– Non, dit De Luca. Juste deux minutes. On va le prendre la garde baissée.

– Et pas seulement la garde, dit Giannino, et cette fois il plaisantait.

De Luca fixa le mur de la maison dans laquelle étaient entrés Tête de Monstre et Annetta, jusqu'à ce qu'il voie une fenêtre, au premier étage, s'allumer. Il attendit encore quelques minutes, soufflant entre ses mains fermées, puis fit un signe à Giannino et traversa la rue.

La porte de l'immeuble était ouverte, l'escalier étroit et peu éclairé, et sur le palier il y avait une seule porte. En collant l'oreille, il entendit Annetta pousser de grands gémissements mais ils étaient si lointains et étouffés qu'ils devaient provenir d'une autre pièce. Il fit un signe de tête à Giannino qui sortit le passe-partout et le glissa dans la serrure, en le tournant lentement, d'un côté et de l'autre, d'une seule main, parce que de l'autre il tenait le pistolet, un petit automatique avec un silencieux vissé sur le canon. De Luca aussi prit le sien, s'en souvenant seulement à cet instant.

Puis un claquement soudain frappa la porte juste à côté de la tête de De Luca, lui éraflant le front avec un poinçon long et pointu comme un clou. Giannino jura, se redressa d'un bond en s'écartant du vantail et tira deux coups de feu qui traversèrent le bois au-dessus de la serrure. Avant que De Luca réussisse à dire quelque chose, Giannino s'appuya sur l'épaule du côté du bras armé, leva une jambe et balança un coup de pied contre la serrure.

La porte était vieille, elle se détacha du montant dans un grand craquement, s'ouvrant sur la pièce unique, avec un lit au centre. Annetta était sur le sol, nue, un bâillon sur la bouche étouffant ses hurlements, et elle cherchait à se glisser sous le lit, terrorisée.

Tête de Monstre était en train de courir vers la fenêtre, le pantalon tenu à la taille par une main et un pistolet dans l'autre.

– Non! hurla De Luca, parce que Giannino allait lui tirer dans le dos, mais ce fut lui qui dut se baisser quand un coup de feu arracha un nouvel éclat du mur derrière lui.

Tête de Monstre sauta par la fenêtre. Giannino arriva le premier, il voulut se pencher mais se jeta en arrière, car il avait vu Tête de Monstre lever son pistolet. Il ne tira pas, continua de courir le long du canal qui coulait entre les façades des maisons, sautant les détritus, les branches et les gravats qui tombaient à pic dans l'eau.

De Luca suivit Giannino, qui avait également sauté. Il tomba sur un tas de planches pourries, au milieu d'une colonie de rats qui détalèrent en couinant, et glissa en arrière, les fesses dans l'eau.

La neige fondue et la saison hivernale avaient rempli le canal d'une masse grise qui coulait rapidement sous les reflets des lampadaires qui parvenaient de la rue sur les côtés des maisons. On n'y voyait pas très bien, il y avait une roue à aubes cassée, un peu plus loin, et un pont de planches qui traversait le canal, bas et tordu. Tête de Monstre disparut derrière les pales de bois pourri de la roue, mais quand De Luca s'en approcha, il se pencha en lui tirant dessus.

De Luca se jeta en avant, visage dans la neige terreuse, juste sous les aubes. Il se retourna pour chercher Giannino mais il n'était plus là, il avait disparu. Il laissa les projectiles s'enfoncer dans l'eau près de lui et, quand le percuteur du pistolet de l'Allemand frappa dans le vide, il se leva, tendant le bras en avant, et tira.

Deux coups, deux seulement, qui résonnèrent entre les façades des maisons comme un grondement d'orage.

Puis Tête de Monstre lui agrippa le poignet et le tira de derrière la roue, le traînant sur la rive du canal, l'envoya cogner contre le pont de planches, le dos qui se cambrait contre la pile de bois, le choc lui coupant le souffle. Le pistolet lui tomba des mains et finit dans un tas de branchettes et de neige, comme sur un coussin.

Tête de Monstre frappa De Luca d'une gifle qui l'assomma à moitié, lui plaquant le visage sur le côté, puis il lui agrippa le cou à deux mains. De Luca ouvrit grand la bouche dans un grognement muet. L'Allemand le tira vers lui, front contre front, serrant si fort la gorge que De Luca eut l'impression que ses yeux allaient jaillir de leurs orbites. Il tendit la main, absurdement, car l'Allemand le tenait collé contre le mur, il l'avait presque soulevé de terre, et le pistolet sur son coussin était à des kilomètres de distance.

Il le vit sourire. Le visage asymétrique, un œil à demifermé plus bas que l'autre, la bouche tordue et cette cicatrice le long de la joue, Tête de Monstre qui flottait dans ce brouillard rougeâtre et douloureux en train de l'aspirer. De Luca leva les bras et essaya de le repousser, les poignets croisés sur le front, mais c'était inutile.

Puis l'Allemand tourna la tête sur le côté, dans une secousse soudaine et sèche, totalement anormale. Il cracha un flot de sang sur son épaule et s'écroula à terre, aux pieds de De Luca en train de glisser le long du mur, souffle coupé.

Sur le pont, en équilibre sur des planches qui semblaient encore tenir, il y avait Giannino, qui tira une nouvelle fois dans la tête de l'Allemand.

– Désolé, ingénieur, dit-il, j'ai mis un peu de temps pour faire le tour. Mais je suis arrivé à temps, non ?

De Luca ne le savait plus, s'il était arrivé à temps. La tête lui tournait et sa gorge explosait, et si Giannino n'avait pas sauté auprès de lui, il n'aurait même pas réussi à se lever. Il se redressa, en s'appuyant contre le mur, et le bras du garçon qui lui dit "n'oubliez pas le pistolet, ingénieur" et il le lui prit, parce que De Luca n'arrivait pas à se baisser.

– Allons-nous-en… les coups de feu que vous avez tirés ont fait du boucan et je veux bien que ce soit une zone de délinquants, mais d'ici peu, ici, il y aura la moitié de Bologne.

De Luca fit signe que "oui, une minute" et observa le corps de l'Allemand qui glissait dans le canal, entraîné par un courant faible mais constant.

"Le dernier témoin", pensa-t-il.

Giannino aussi regarda Tête de Monstre et, à voir la curieuse indifférence dans ses yeux, on aurait vraiment dit que ce n'était pas la première fois qu'il tuait.

– Vous avez vu, ingénieur ? On l'a eue, la fête, et même les pétards !

– Qu'est-ce qu'on fait, maintenant, ingénieur ?

– Qu'est-ce qu'on fait, Giannino ? Tu as tué mon unique témoin !

– Parce qu'il était en train de tuer mon unique ingénieur. Qu'est-ce que je devais faire ? Lui donner un coup sur la tête avec le pistolet ? Mais vous avez vu comme il était gros ? À part que c'était un assassin professionnel, ingénieur. Mais je ne voulais pas parler de ça. Je voulais dire : qu'est-ce qu'on fait ? On va pas rentrer dormir à la maison.

– Et pourquoi pas ? Qu'est-ce que tu crois, qu'ils vont venir nous chercher ? D'abord il est tôt, l'Allemand a dû finir aux écluses et, avant demain matin, personne ne le trouve.

– Mais vous avez tiré.

De Luca ne dit rien. Il écarta les bras et, comme s'il l'avait prévu, deux gros pétards explosèrent dans le lointain, suivis par deux autres.

– Dans pas très longtemps, ici, ça va péter partout. Mon pistolet n'a fait qu'anticiper un peu le jour de l'An.

– Oui, mais…

– Mais quoi, Giannino ? Je n'ai pas l'intention de m'enfuir, c'est déjà difficile de mener une enquête en clandestin, alors en cavale…

Giannino haussa les épaules.

– En tout cas, moi, cette nuit, je dors ailleurs.

De Luca se frotta les mains sur les bras. Les manches du manteau étaient couvertes d'une boue raide et puante, et sa gorge brûlait, mais il ne voulait pas encore rentrer. Il devait décharger l'adrénaline, un problème qui ne semblait pas effleurer Giannino.

C'était lui qui avait proposé de s'en aller dans le centre, le long de la via dell'Independenza, au milieu de tous ces gens qui affluaient vers la piazza Maggiore. Ils s'étaient assis sur les marches du palais D'Accurzio, sous les photos des partisans tués collées au mur d'angle, puis ils s'étaient levés pour aller s'appuyer à la fontaine du Nettuno, pas à cause des photographies des morts mais parce que Giannino avait dit qu'il se gelait le cul.

Il aurait voulu faire tant de choses, retourner à la pension pour sortir les documents, photos et dessins et recommencer depuis le début, aller à la mansarde pour tout étudier à nouveau, y compris la poussière, la flairer même.

Il aurait voulu aller chez Claudia, mais elle n'était pas chez elle, il avait téléphoné dans l'après-midi et personne n'avait répondu.

Il se prit la tête dans les mains et resta ainsi, les coudes sur le bord de la vasque, pendant un temps qu'il n'aurait pas lui-même su estimer.

Il la releva seulement quand une explosion plus forte et plus proche le fit tressaillir.

Le ciel de la piazza Maggiore se remplit de feux d'artifice.

– Bonne année, ingénieur ! cria Giannino. Bonne année !

Vendredi 1er janvier 1954

Il dut sortir prendre l'air. Après les deux premières heures de l'aube passées dans la chambre de la pension à étudier photographies, documents et notes éparpillés sur le sol, il n'en pouvait plus de rester enfermé comme en cage, malgré le café bouilli sur le poêle et ce désir fébrile de comprendre quelque chose.

Alors, il s'habilla, laissa le manteau couvert de boue séchée sur une chaise et passa le pardessus, une manche après l'autre, bras tendus vers le haut comme pour attraper quelque chose au plafond.

Il réfléchissait et, en réfléchissant, il sortit, prit le premier portique et marcha, remonta dans la ville plongée dans le sommeil du 1er de l'An, la ville déserte et fermée, souillée de bouchons de bouteille, de mégots de cigarettes, de confettis et de neige piétinée, tourna dans les ruelles et s'arrêta devant un vieux assis sur un tabouret à un coin de rue. Vêtu de noir, avec un béret rond enfoncé sur l'écharpe qui lui couvrait la tête, sa barbe blanche enfouie dans le col du manteau, il avait un autre chapeau sur les genoux, avec une piécette à l'intérieur. On aurait dit plutôt un prêtre, ou un religieux, qu'un mendiant.

Dans son dos, il y avait la boutique d'un traiteur fermé, les vitrines défendues par un rideau de fer à grosses mailles qui laissait voir une cascade de tortellinis, ronds et jaunes comme des bagues d'or, qui couvrait une étagère à tiroirs. Derrière, sous une garniture de guirlandes argentées, des jambons, des mortadelles et des bocaux remplis de légumes à l'huile. “Bonne année!” était-il écrit sur le fond d'un plateau de carton.

Le contraste lui fit perdre le fil des pensées dans lesquelles il était plongé. Jusque-là, il s'était laissé entraîner par des empreintes de pieds ensanglantés, des vêtements disparus, les chaussures oui, mais pas le reste, enveloppes déchirées, touches tapées par un fantôme et puis marques d'étranglement, eau dans les poumons, chaos, la porte ouverte, les disques cassés, Stefania Cresca nue, rouge et morte sur le sol de la salle de bains de la mansarde.

Puis, soudain, tout avait disparu et De Luca se sentit la tête légère et pétillante comme l'air de cette matinée hivernale de Bologne.

Il glissa une main dans sa poche, raclant le fond du bout des doigts, et trouva une piécette. Il allait la jeter dans le chapeau de l'homme mais en fait il la rempocha, sortit son portefeuille de la poche arrière de son pantalon et prit un billet, le premier qu'il trouva. Il le laissa tomber dans le chapeau, l'homme leva les yeux sous ses sourcils broussailleux et le regarda un instant, en murmurant ce qui semblait une bénédiction. C'était un prêtre, alors.

– Merci, dit De Luca.

Il inspira l'air avec le nez, comme s'il pouvait se nettoyer le cerveau avec un courant d'air frais venant d'une fenêtre grand ouverte. Puis il entendit la clochette du tram et il lui vint une idée.

Il avait bien fait de garder la piécette, la course coûtait justement 20 lires et ainsi le traminot avec sa sacoche en bandoulière qui semblait dormir debout n'eut pas à lui rendre la monnaie.

Il alla s'asseoir au fond, sur le dernier banc de bois, loin aussi de l'unique passager, un homme avec une casquette à visière baissée sur les yeux qui, lui, dormait bel et bien. Il garda un moment le front appuyé contre la vitre froide, à regarder distraitement les portiques qui couraient le long des vitres, accompagnant l'ondulation imposée par les accélérations du tram sur les rails.

Puis il commença enfin à penser.

Il pensa par pistes, à l'image des rails.

La première était celle de Mario Cresca.

Affaire résolue. Tué par Tête de Monstre sur ordre du commandeur D'Umberto et de son adjoint, le *dottor* Elvani. Responsables du service pour lequel il travaillait aussi, mais là-dessus il glissa rapidement parce que là, seul et dans le silence qui coulait sous lui, c'était une chose qui le mettait mal à l'aise. Mobile : espionnage, dans un certain sens. Apparemment aucun lien avec la mort de Stefania Cresca.

La deuxième était celle du chauffeur du camion.

Affaire résolue. Tué très probablement par Tête de Monstre parce qu'il avait été si mal d'avoir provoqué la mort d'un enfant qu'il avait décidé de parler.

La mort d'un enfant.

De Luca eut un sursaut qui lui fit cogner la nuque contre les listels de bois du dossier. Là-dessus aussi, il n'avait pas réfléchi avec assez d'intensité et maintenant, en cette matinée blanche et concentrée, ça lui parut insupportable. Il se leva et fit quelques pas entre les sièges, se tenant aux poignées qui s'alignaient au-dessus de sa tête, car le tram prenait un virage. Un passager s'était ajouté, un garçon au visage couvert de boutons qui semblait encore ivre de la nuit précédente.

De Luca retourna s'asseoir à sa place au fond, plus calme. Il évita de penser à l'enfant.

Alors, Tête de Monstre, meurtre préventif, probablement d'accord avec les commanditaires du service pour lequel il travaillait. "Pas maintenant, laisse tomber", en tout cas avec Elvani, sinon carrément avec D'Umberto. En tout cas, affaire close, aucun rapport avec la mort de Stefania.

Le chauffeur du tram fit sonner la cloche et le contrôleur cria : "La gare ! Terminus ! Tout le monde descend !"

De Luca regarda par la fenêtre, ils étaient arrêtés sur la place de la gare. Il descendit en dernier, puis il lui vint une idée, une autre, et il remonta deux marches, se penchant à l'intérieur.

– Pardon, demanda-t-il au chauffeur, pour aller aux carrières ?

– Avec le tram ? Jusque là-haut ?

– Non, avant… je voulais dire la zone. Là où il y a une trattoria où on fait les grenouilles.

Un instant, il se sentit ridicule mais il n'y avait pas de raison car le visage du conducteur s'éclaira.

– Via del Traghetto, dit-il, mais à cette heure, ça doit être fermé.

– Peu importe, je dois aller à côté.

– Si vous prenez un taxi, vous irez plus vite.

– Non, je veux rester dans un tram. Bon, laissez tomber.

– Le 31 barré, celui qui descend par le pont, puis là vous changez et prenez celui pour la via Zanardi. Faites attention qu'elle est longue mais elle y passe devant, la via del Traghetto.

– Merci.

– Après, si vous prenez les grenouilles, faites-vous-les faire frites. Elles sont bonnes aussi en sauce, mais frites, ils savent les faire que c'est une merveille.

– Merci.

Le trajet du 31 barré était trop court pour se mettre à réfléchir, et puis son cœur avait commencé à battre fort et il n'arrivait pas à se concentrer.

Attendre assis sur le banc de l'arrêt au bout du pont le distrayait aussi, il faisait froid et il y avait un homme qui tentait de démarrer une 500, qui glapissait, aboyait, toussait et puis se taisait.

C'est seulement quand arriva un tram avec une énorme publicité Campari que De Luca comprit qu'il pourrait recommencer ses réflexions.

Il était vide lui aussi, à part une fille avec un foulard bien serré sur la tête et un cabas de paille tressée sur les genoux. Il avait de nouveau pile les 20 lires parce que, sur le 31, il s'était fait changer un billet que le contrôleur avait scruté longuement, à contre-jour, avant de le mettre dans sa sacoche.

Il n'y avait pas de portiques à fixer, juste des arbres nus et des maisons isolées, parce que le faubourg ressemblait déjà à la campagne, mais ça fonctionna pareil. De Luca se laissa aller contre le dossier, enveloppé dans cette tiédeur ondoyante, et recommença à réfléchir.

Piste Aldino. Tué par Tête de Monstre. Pourquoi ? Parce qu'il avait décidé de leur parler. Et qu'est-ce qu'il aurait raconté ? Son trafic de stupéfiants ? Les Russes ?

De Luca serra les lèvres, pensif. Il regardait droit devant lui, sans voir vraiment, et il ne s'aperçut pas que la fille le fixait aussi, accrochée au cabas, effrayée, parce qu'elle était pile dans la trajectoire de son regard. Elle se leva, carrément, et alla s'asseoir plus près du conducteur.

En tout cas, tué par Tête de Monstre. Le typographe, en revanche, tué par Aldino. Par erreur, à la suite d'une discussion provoquée par Giannino et lui à cette fête, juste pour faire bouger les choses. Affaire résolue.

Relation avec Stefania Cresca ? Le trafic de stupéfiants.

C'était Aldino qui l'avait tuée, Mme Cresca ? Il l'avait maintenue sous l'eau avec ses petites mains ?

Ou bien c'était Giorgini ?

Ou ce docteur, celui sur l'enveloppe et sur le ruban de la machine à écrire, le docteur Pirro ?

Ou Tête de Monstre.

Et pourquoi ? Pourquoi la tuer, pourquoi ne pas mener tout de suite l'action à son terme, pourquoi la contraindre à s'asseoir à la table de travail les pieds en sang, pourquoi lui voler ses vêtements, pourquoi, pourquoi, pourquoi.

Il n'y avait plus de pistes à suivre, depuis la mort de Tête de Monstre.

De Luca le pensa au bon moment, comme ils passaient devant la trattoria des grenouilles, car s'il avait été encore plongé dans ses pensées, Dieu sait où il se serait retrouvé.

Il était descendu du tram le cœur battant à tout rompre, trempé d'une sueur absurde qui, sous son pardessus, gelait sur lui.

Il avait traversé la cour pour frapper fort à la porte de bois, prêt à tout, à sortir n'importe quelle excuse, à quiconque lui ouvrirait.

Mais il n'y avait personne.

Il vit un homme avec un tablier de caoutchouc, un monsieur âgé arborant une moustache en guidon de vélo désormais trop mince et une auréole de cheveux blancs. Il était sorti de la trattoria avec un balai pour nettoyer la cour des derniers restes de neige.

– Vous savez si… commença De Luca en montrant la porte, mais l'homme secoua la tête.

– Ils sont partis. Franca et Paride. Ils sont partis avec l'orchestre.

– Et vous savez quand…

– Deux, trois jours… ils sont allés dans les Marches. Franca ne se sentait pas très bien, Paride a dit qu'il ne la ferait pas chanter beaucoup parce que, après, elle a une audition. Elle doit faire un disque, vous savez ?

De Luca sourit. Un sourire sincère qui aurait plu à Claudia.

L'homme s'approcha en se lissant les moustaches de sa main ouverte.

– Je vous connais ?

– Je ne sais pas, je ne crois pas, dit De Luca, pensif, car il avait encore la tête à Claudia.

– Je ne vous ai pas vu quelque part ?

Sonnette d'alarme. De Luca fit un pas en arrière, comme pour s'en aller.

– Peut-être. Je suis venu manger ici… quelquefois.

– Vraiment ? Bizarre, parce que je suis du genre qui n'oublie jamais un visage. Je veux dire, autrefois, maintenant, presque jamais. Vous avez pris les grenouilles ?

– Oui, dit De Luca avec un autre pas en arrière, vers la sortie de la cour.

– Et comment on vous les a faites ?

– En friture, répondit-il en faisant un autre pas, cette fois il était sorti.

– La prochaine fois que vous viendrez, je vous les sers en sauce. Frites, elles sont bonnes aussi mais, en sauce, on les fait que c'est une merveille.

Quand il revint à la pension, c'était presque le soir. L'homme derrière le comptoir de la réception l'arrêta comme il était arrivé au pied de l'escalier.

– Vous devez appeler votre ami. Il a déjà téléphoné cinq fois, dit-il, agacé.

– Merci. Vous me donnez un jeton ?

– Je n'en ai pas, rétorqua-t-il, toujours agacé.

– Alors, je me sers de celui-là, déclara De Luca avec la résolution qu'imposait sa fatigue, et l'homme n'osa pas répliquer : il le laissa prendre l'appareil qu'il avait sur la table, que De Luca mit sur le comptoir pour composer le numéro de Giannino.

– Ingénieur, enfin ! Je vous ai cherché toute la journée, je commençais à être inquiet.

– J'étais sorti, je devais réfléchir. Qu'est-ce qu'il y a ?

On sentait, sans même le voir, qu'il était sur des charbons ardents, Giannino. Il devait jouer avec la roue du téléphone parce que de temps en temps, pendant une fraction de seconde, sa voix disparaissait.

– J'ai deux choses pour vous, ingénieur. Par laquelle vous voulez que je commence, la plus petite ou la plus grosse ?

De Luca soupira.

– Mais quel âge tu as, Giannino ?
– La plus petite ou la plus grosse ?
– La plus petite.
– Alors, la voilà. J'ai laissé un truc pour vous au concierge.

De Luca regarda l'homme d'un air interrogatif et l'autre comprit aussitôt. Il tira de sous le comptoir un vieux journal plié en quatre. De Luca l'observa sans comprendre.

– D'abord, faut que je vous explique, reprit Giannino au téléphone. Ma maman dit toujours que je ne sais rien faire en cuisine et, en gros, elle a raison, mais en fait il y a un truc que je sais faire : la *ribollita*. La soupe de pain à la toscane, vous voyez ce que c'est, ingénieur ?
– Giannino…
– Le secret, c'est le chou frisé, qui doit être frais. Ici, ça ne se trouve pas, mais la concierge de la maison où je suis, quand elle en trouve, elle m'en prend…
– Giannino, excuse…
– Alors, ce matin, sur le paillasson de mon appartement, j'ai trouvé un beau chou enveloppé dans un journal…
– Giannino !
– Il vous l'a donné, le journal ? C'est le *Giornale dell'Emilia*, parce qu'il est de juillet et *Il Resto del Carlino* a repris son nom depuis deux mois à peine, mais si vous regardez dedans, à la rubrique de Bologne… vous y êtes, ingénieur ?

De Luca feuilleta les pages froissées, gardant le combiné coincé entre l'épaule et la joue, c'était très inconfortable et il allait demander des explications quand il la vit.

Il y avait une photographie, dans la rubrique de Bologne. Un groupe de piqueuses de riz qui marchaient dans la rue côte à côte et en rang, comme un peloton militaire, mais souriantes. Il y en avait deux avec une banderole brandie comme un drapeau sur laquelle était écrit : “Fête nationale de *L’Unità*.” Elles portaient toutes le chapeau de paille et un foulard autour du cou sur leurs chemises ouvertes, elles étaient pieds nus et le photographe les avait prises d’en bas, peut-être parce qu’il était couché par terre, et leurs jambes étaient très longues, montant jusque sous le revers de leurs shorts, on voyait aussi la plante des pieds, soulevés, sur les pavés de la rue bolonaise. Des pieds de femme.

La troisième au premier rang, c’était Claudia et on comprenait, à sa bouche ouverte et à son regard heureux, qu’elle chantait. Elle était plus jeune, car le journal était certes de juillet mais on voyait que la photo remontait à quelques années auparavant.

– C’est votre copine, non ? demanda Giannino. Pas vrai que c’est elle ?

– Oui, dit De Luca, et tandis qu’il le disait, son cœur se serrait.

Un instant, il sourit, comme un adolescent, pensa-t-il, mais il cessa aussitôt.

Il y avait quelque chose qui n’allait pas.

Il ne comprenait pas quoi, un fond d’angoisse, non, de colère, non plus : de peur.

Les trois ensemble.

“Pourquoi ?” se demanda-t-il, mais il n’eut pas le temps de se répondre.

– Maintenant, l’autre chose, la plus importante, reprit Giannino.

Il frétillait, enthousiaste, sa voix explosait dans le combiné.

– Et dites-moi que je me suis bien débrouillé, ingénieur, mais c’est obligé, avec un maître comme vous, qu’est-ce que vous voulez faire ?

– Giannino, nom de Dieu !

– Nous avons une autre piste, ingénieur. J’ai trouvé le docteur.

Samedi 2 janvier 1954

– Il a étudié la médecine, mais il n'a jamais passé le diplôme, c'est pour ça que je n'arrivais pas à le trouver. Et il n'est pas à Bologne, mais à San Giovanni in Persiceto, plus haut vers le nord.

Giannino était encore excité. Il ne réussissait pas à rester tranquille sur le siège de l'Aurelia et frottait ses paumes sur le volant comme s'il voulait le nettoyer. Ils s'étaient garés dans un coin de la piazza Verdi et regardaient une fenêtre au premier étage d'un immeuble, un peu au-dessus d'eux. La vitre baissée du côté de Giannino avait laissé échapper toute la tiédeur du chauffage, mais c'était pour entendre le roulement d'une batterie qui venait de la fenêtre, ouverte elle aussi. Il y avait deux étudiants qui s'étaient arrêtés en dessous pour écouter et l'un d'eux, une fille, claquait des doigts sur le rythme syncopé des cymbales et de la caisse claire.

– Vous vous rappelez ce négrillon qui riait tout le temps, ingénieur? Chez Aldino... voilà, disons que ces jours-ci, nous avons fait plus ample connaissance, expliqua Giannino qui ne put s'empêcher de rougir. Et quand nous nous sommes vus hier, y a ce docteur Pirro qui est venu dans la conversation, un ami d'Aldino, etc. Oreste Pirro, vous vous rendez compte.

De l'immeuble sortit un monsieur âgé qui chassa les étudiants, cria: "Ça suffit, cette musique de débauchés!" vers la fenêtre, en dialecte, et rentra. Peu après, la batterie cessa de jouer.

– Notre docteur Pirro est du genre qui arrange les filles qui n'ont pas fait attention, je ne sais pas si je me fais comprendre.

– Avortements, dit De Luca. Tu as cette curieuse habitude de ne pas appeler les choses par leur nom, Giannino.

– Pardon, ingénieur. Avortements, oui. Je ne sais pas en quoi ça a un lien avec notre trafic, mais…

– On va le lui demander.

– Exact.

De l'immeuble sortit le garçon noir aperçu à la fête chez Aldino. Engoncé dans un blouson trop léger, un bonnet de laine enfoncé sur sa tête bouclée. Giannino ouvrit la portière de la voiture et, quoique ce ne fût pas nécessaire, fit de grands gestes pour attirer l'attention.

– John ! John ! Je suis là !

À part quelques mots en italien, les termes habituels marqués par un fort accent américain, John ne parlait qu'anglais. De Luca le comprenait assez bien tandis que pour Giannino, c'était carrément comme sa langue maternelle.

À deux, ils avaient mangé quatre portions de lasagnes, plus une partie de celle de De Luca qui s'était laissé gagner par leur enthousiasme mais s'était arrêté avant la moitié. Leonida, le patron de la trattoria, un type sympathique avec un nœud papillon sur sa chemise blanche, était venu leur serrer la pogne et demander s'ils voulaient un deuxième plat, et tous les deux, John et Giannino, avaient acquiescé du menton avec force.

– Demande-lui comment il le connaît, avait dit De Luca ensuite.

Giannino avait traduit, la bouche pleine, et John avait haussé les épaules, la bouche pleine lui aussi.

– *Drugs*, avait-il murmuré. *Joints*, avait-il ajouté en faisant le geste de fumer.

– Drogue…

– Oui, j'ai compris. Et où il est, ce docteur ?

Giannino traduisit encore et John haussa de nouveau les épaules.

– Il dit qu'il est à Cervia. Il reçoit dans un sous-sol, le soir. À partir de 8 heures. Il sait que ce soir il doit s'occuper d'une fille qu'il connaît. Mais lui, il n'est pas mêlé à ça, conclut-il, malicieux.

– Demande-lui si quelquefois il a dormi dans la mansarde. Quels rapports il avait avec le professeur et s'il a connu Stefania Cresca.

John secoua la tête avant même que Giannino ait fini de traduire, puis il s'empressa de répondre. Il parlait par monosyllabes et avait cessé de manger.

– Il y a dormi une fois et, le professeur, il le connaît à peine. La dame, il ne l'a jamais vue.

– On dirait qu'il a peur, dit De Luca. Demande-lui pourquoi.

John écouta puis se remit à manger, les yeux sur son assiette.

– *No. I'm not scared*, murmura-t-il.

– Il dit que non, qu'il n'a pas peur. Vous voulez mon opinion, ingénieur ? C'est un jazziste un peu toxico et en plus, un noir, et il a compris que nous sommes des sortes de policiers. C'est normal qu'il ait peur.

Il posa une main sur la sienne, en la serrant fort :

– *Don't worry, no problem.*

De Luca attendit que Leonida revienne pour commander le café.

En attendant, il réfléchissait.

Il y avait quelque chose qui ne collait pas, même s'il n'arrivait pas encore à comprendre quoi.

L'après-midi, il commença à pleuvoir. Des gouttes de pluie qui trouaient les tas de neige comme des doigts.

Giannino aurait voulu partir tout de suite pour courir à l'adresse que leur avait donnée John, mais De Luca le retint.

Ils avaient le temps. Il voulait surprendre le docteur dans son bureau, avec la fille, pour avoir plus de possibilités de faire pression il suffisait qu'ils partent en fin d'après-midi.

Et puis, il y avait quelque chose qu'il devait prendre. Et qu'il voulait faire.

Il se fit conduire à la pension, où il monta prendre la boîte d'archives dans laquelle il avait rassemblé tout le dossier. Il sortit le ruban de la machine à écrire avec les lettres imprimées sur le ruban rouge et aussi le coin déchiré de l'enveloppe qu'il avait trouvé dans la corbeille à papier.

Docteur Pirro Oreste. Oreste Pirro. Pirro dott. Oreste.

Il y avait quelque chose qui n'allait pas et De Luca resta longtemps à analyser l'enveloppe et le ruban, posés sur son lit. Puis il prit la page du journal que Giannino lui avait laissée à la réception et se mit à l'étudier aussi.

Claudia, jeune repiqueuse de riz, ex-partisane, à la fête de *L'Unità*.

Cette sensation d'angoisse, de colère et de peur revint lentement, et plus faible, mais tout doucement, elle arriva.

Elle était différente de celle qu'il ressentait en pensant au docteur Pirro, c'étaient deux choses qui ne collaient pas, qui le rongeaient intérieurement, qui le tourmentaient d'une gêne à peine contrôlable, mais elles étaient différentes.

De Luca pensa que la première, celle qui concernait le médecin, il la résoudrait dans quelques heures.

La deuxième, en revanche, celle de Claudia, De Luca s'était convaincu qu'elle était plus obscure parce qu'elle le concernait, lui.

De Luca.

C'était pour ça, peut-être, qu'elle lui faisait peur.

Ils partirent quand la nuit tombait, ils sortirent du centre, s'éloignèrent des murs et prirent la Persicetana. Giannino avait tracé au crayon rouge le parcours sur une carte, car c'était une zone qu'il ne connaissait pas.

En plus, la route était mal éclairée, et la pluie, balayée sur le pare-brise par les essuie-glaces, n'arrangeait certes pas les choses.

Mais Giannino ne tenait pas en place, enthousiaste.

– Si par hasard la piste s'avère bonne, vous me le direz, alors, que je me suis bien débrouillé, ingénieur ? Si on résout l'affaire, ce sera grâce à moi, non ? Non ?

– Oui, oui… mais va doucement, on a le temps.

Mais Giannino était excité.

– Soyez tranquille, ingénieur. Celui-là, je vous le tue pas. Éventuellement, évitez de vous faire étrangler, que je sois pas obligé de lui tirer dessus !

De Luca soupira en secouant la tête et un sourire lui monta aux lèvres, absurdement. Un gamin, un grand gosse, Giannino, avec un pistolet à silencieux dans la boîte à gants, manipulé et exploité mais malin, avec les scrupules moraux et la gaieté d'un enfant. Qui s'excitait, maintenant, pour un nouveau jouet.

De Luca décolla son dos du siège, arraché par un coup de frein plus net.

– Excusez-moi, ingénieur… c'est ce couillon à moto, là devant, qui me rend dingue.

De Luca jeta un coup d'œil par la fenêtre, dans l'obscurité où luisaient la pluie et la lune, avant de revenir à ses pensées.

– Et il a même un Saturno 500 sous les fesses, Seigneur Dieu, fonce un peu alors ! se récria Giannino, puis il regarda De Luca. Faites-moi plaisir, ingénieur, si vous devez rester comme ça collé à la portière, mettez la ceinture.

Trois choses à penser, pendant que Giannino appuyait sur les touches de l'autoradio encastré dans le tableau de bord qu'il avait fait monter la veille, mais il ne se sentait pas bien.

– *C'est ma faute,* chantonna-t-il, *c'est ma faute si je t'ai aimée à la folie…* D'ici un petit mois, il y a Sanremo, ingénieur, je sais bien que vous vous en fichez éperdument, mais moi j'en suis fou. *Ne me baratine pas, le roman est fini*... Oh, Madone, cet imbécile, là!

Trois choses à penser. Une stupide, une importante et une qu'il n'avait pas encore comprise.

– Bon, d'accord, on a aussi la conduite à droite et on voit que dalle, et en plus la route est étroite... mais *quel brise-marrons*, comme ils disent à Bologne. Qu'est-ce qu'on fait quand on arrive, ingénieur? Le bon flic et le méchant flic, comme dans les films? Vous, vous choisissez quoi? Moi, je ferais le méchant...

Trois choses à penser. La stupide: comment s'était-il retrouvé dans cette situation absurde, "chien de garde, chien de chasse, et chien truffier". Chien bâtard. L'importante: pourquoi faire asseoir Stefania devant la machine à écrire, qui que ce soit qui l'ait tuée. Celle qu'il n'avait pas encore comprise: Claudia.

– Oh, enfin!

De Luca regarda à travers le pare-brise, plaqué sur le siège par l'accélération soudaine de la voiture que Giannino avait lancée pour dépasser le camion. Dans l'obscurité lumineuse de pluie, il vit le feu arrière de la motocyclette qui disparaissait brusquement, devina qu'il y avait un virage, un tournant serré, trop serré, et pensa "Non!"

Il s'agrippa à la poignée et planta absurdement ses talons sur le plancher de l'Aurelia pendant que Giannino jurait, parce qu'il l'avait vu lui aussi, le virage, et pas seulement, aussi un pont juste après, et un autre tournant au milieu, coupé et anormal comme un coude fracturé.

En attendant, la 1900 les avait bloqués à droite, collée au camion, et les empêchait de se rabattre.

– Oh mon Dieu! cria Giannino, et il écrasa le frein, s'accrochant au volant et tirant vers lui de ses deux mains, comme si ça servait à quelque chose. Pendant un instant, la voiture sembla viser le talus mais maintenant l'angle de la trajectoire s'était déjà modifié.

– Maman, non ! gémit Giannino, avec quelque chose d'un sanglot d'enfant désespéré dans la voix tandis qu'ils glissaient sur la route droit vers la bande blanche peinte sur les briques du pont, juste au coin du parapet qui fermait la courbe.

Le choc les prit légèrement sur la droite, écrasant le capot de l'Aurelia d'un coup si fort et sec qu'il les projeta tous deux en avant, les arrachant aux sièges.

De Luca avait sa ceinture attachée et sa main glissée dans la manille, l'une et l'autre le retinrent une fraction de seconde, l'empêchant de se cogner contre le pare-brise que Giannino avait déjà enfoncé quand la poussée lui avait fait manquer le volant de quelques centimètres, le projetant hors de l'auto comme un projectile, par-dessus le capot, par-dessus le pont, en bas, dans le torrent qui courait en dessous.

Il était déjà mort avant même de toucher l'eau.

Après

(4-10 janvier 1954)

Oggi

Hebdomadaire sur l'actualité et la culture, X^{e} année, n° 1, 60 lires.
En couverture: NOCES ROMANTIQUES ET FASTUEUSES POUR ROBERT DE HABSBOURG ET MARGHERITA DE SAVOIE-AOSTE (p. 22-27, notre reportage photo spécial).
Pages intérieures: LA MARIÉE DE NOËL, New York, le père Noël a apporté à l'actrice Hedy Lamarr un cinquième mari • LES RÊVES ONT TRAHI LA COUTURIÈRE MALADE D'AMOUR, Nadia Minardi a abattu d'un coup de pistolet son "prince charmant" parce qu'elle ne voulait pas le perdre • VACANCES ROMAINES POUR AVA ET FRANK, ÉPOUX RÉCONCILIÉS, Rome, Frank Sinatra et Ava Gardner sont arrivés par surprise en avion à l'aéroport de Ciampino.
Publicité: Soulagez les refroidissements des enfants par une simple friction avant de les mettre au lit: VICKS VAPORUB, aux États-Unis cette agréable pommade a conquis des millions de mamans!

La Settimana Incom Illustrata

VIIe année, n° 2, 60 lires.
En couverture: MARCELLA MARIANI, une jeune fille romaine de seize ans, a été élue Miss Italie (p. 12-15, notre reportage exclusif sur le concours).
Pages intérieures: MÉNAGÈRE EN ALERTE, deux bandits évadés du pénitencier de Jackson sont encore en liberté. Voici Mme Betty Wagner, de Détroit, qui ouvre d'un air suspicieux sa porte en empoignant une carabine pour faire face à toute éventualité • Une école de

dermatologie esthétique ouvre à Mila, APRÈS 20 ANS, IL FAUT PAYER POUR ÊTRE BELLE • LE CASANOVA DES FEMMES MILLIARDAIRES, Porfirio Rubirosa, interdit de carrière diplomatique, il est redevenu ambassadeur à la suite de ses noces avec Barbara Hutton • Alfred Shuster, un nain de 26 ans d'à peine un mètre s'est récemment marié à Barcelone avec Elfriede Schischtwerg, 1 mètre 70. Voici les époux.
Publicité: Votre peau prendra la chaleur veloutée et lumineuse du gracieux et enivrant gardénia en utilisant la CRÈME VENUS BERTELLI, peau fraîche, douce, veloutée.

Annabella

Revue de mode et d'actualité féminine, XXIIe année, n° 2, 50 lires.
En couverture: LA MODE POUR LES PETITES ET LES PLUS GRANDES.
Pages intérieures: LETTRES À ANNABELLA: Je suis petite mais mince et je me marie (pas en blanc) début mars (BILLE HEUREUSE) ; Cher Adrian, devant rencontrer une femme qui voilà quelques années, s'est fait bécoter par mon mari (alors qu'elle savait qu'il était père de famille), comment dois-je me comporter? (AMNERIS) ; J'avais 12 ans et j'en paraissais déjà 15... Adrian, j'ai 17 ans et tout ce que j'ai écrit est malheureusement vrai (MIRELLA AUJOURD'HUI) • LE CHAPEAU DE LA SEMAINE, certaines galettes de velours absolument plates, portées très en avant sur le front et enchanteresses, sont réservées aux grandes femmes et interdites aux petites, à moins que les femmes en question aient la tête petite, le cou long et la silhouette subtilement proportionnée • DÉSIR SEULEMENT, roman de Giorgio Scerbanenco.
Publicité: le rouge à lèvres LEBERT, à la composition chimique secrète, est utilisé par les stars du cinéma

en couleur. Essayez-le aujourd'hui même vous aussi et vous constaterez que votre visage s'éclairera d'une lumière nouvelle.

Mardi 5 janvier 1954

Il ouvrit les yeux avec la sensation de l'avoir déjà fait avant mais il n'en était pas sûr, parce que ce qu'il vit lui parut très nouveau. Le plafond, le lustre, le rideau à la fenêtre, blanc comme le plafond et la lampe, et la table de nuit en formica, le plâtre qui lui immobilisait un poignet, le drap aussi, tout jusqu'au fond, trop au fond, tout ce blanc, ça lui faisait tourner la tête.

De Luca toussa et une pointe de douleur lui brûla les côtes.

– Commissaire… vous êtes réveillé.

Pugliese était assis sur une chaise longue aux lanières de plastique tressées, blanche elle aussi, à côté du lit. Il fallut un petit moment à De Luca pour accommoder mais il l'avait déjà reconnu à la voix.

– Pourquoi ? demanda-t-il. Je dormais ?

– Vous êtes encore un peu perdu, commissa'. J'appelle la sœur.

– Une seconde. Oui, je suis perdu. Où je suis ?

– Hôpital Maggiore. En traumatologie.

– Depuis combien de temps ?

– Trois jours. Vous vous rappelez ce qui est arrivé ?

Oui, il se le rappelait, il ne l'avait jamais oublié. Le coup de frein, le fracas, le choc. Non, en fait, quelque chose, oui, il avait oublié quelque chose.

– Giannino ! Il y avait quelqu'un d'autre avec moi, qu'est-ce…

Pugliese secoua la tête. De Luca ne dit rien.

– J'appelle la sœur.

La sœur appela le docteur, qui passa un doigt devant les yeux de De Luca, le droit et le gauche, le tâta, lui arrachant un gémissement, lui colla une main sur le front pour sentir s'il avait la fièvre, puis s'en alla, après avoir dit quelque chose que De Luca ne comprit pas.

Il lui avait dit qu'il avait eu de la chance, qu'il s'était seulement brisé un poignet et fêlé deux côtes, outre la commotion cérébrale qui, vu l'accident, était le minimum, puis De Luca avait perdu le fil. Il avait sommeil, un sommeil irrésistible qui lui pesait sur les yeux comme une coulée de plomb. Il dit "oui" et puis "oui, oui", sans savoir à quoi ni à qui, et l'instant d'après il dormait déjà.

Quand il se réveilla, Pugliese était encore là.

– J'ai dormi combien de temps ?

– Pas beaucoup. Quelques minutes.

– Pugliese... on a essayé de me tuer.

Pugliese se leva, forçant sur sa jambe raide, et alla fermer la porte de la chambre, sans canne, puis traîna la chaise longue plus près du lit.

– Je sais. Ils ont utilisé la même technique que pour tuer le professeur Cresca. L'accident est arrivé sur le pont de la Persicetana, qui est un mauvais double virage sur lequel les gens se plantent même sans qu'on les aide.

De Luca commençait à connecter ses pensées, l'esprit plus clair. Il acquiesça sans bouger la tête parce qu'elle lui faisait mal.

– La Persicetana est du ressort de Bologne, comme route. Un de mes brigadiers a vu des types bizarres qui tournaient autour du lieu de l'accident, il y en avait un qui s'était glissé dans la voiture pendant qu'on essayait encore de vous sortir, alors ils m'ont appelé.

Pugliese creusa les reins, se massant les lombaires.

– Ne vous inquiétez pas pour les documents, les photographies et tout le reste, commissa'... c'est moi qui les ai.

Le brigadier avait la tête de quelqu'un qui a passé une nuit blanche, et c'était bien le cas.

– J'avais peur qu'ils viennent ici finir le travail, commissa', et je n'avais pas vraiment tort, parce qu'il y a eu deux types avec des sales têtes qui sont arrivés jusqu'à la porte mais ensuite ils m'ont vu et ils sont repartis.

Pugliese se tapota la veste là où un gonflement trahissait la présence du pistolet.

– J'ai aussi le vôtre, commissa'.

– Merci, murmura De Luca.

– De rien, je vous en prie. Et puis, depuis hier je suis à la retraite et je n'ai plus rien à faire. Di Naccio aussi a fait un tour de nuit, vous savez ?

– Merci, répéta De Luca.

Il y avait autre chose qu'il voulait savoir mais il ne réussissait pas à le dire. Néanmoins, Pugliese comprit.

– Oui, une fille est venue. Une femme jeune, la peau sombre, elle est restée à vous regarder depuis la porte, puis elle est partie. Je lui ai dit que ce n'était pas très grave, mais elle pleurait quand même.

De Luca hocha la tête, cette fois vraiment, et une vague soudaine le fit tournoyer dans un tourbillon aérien, impalpable mais résistant. Il ferma les yeux mais il avait envie de vomir, alors il fixa son regard sur le lustre, mais c'était pire, parce que lui aussi avait commencé à tourner. Il ferma fort les paupières et peu à peu le tourbillon cessa pour devenir un remous lent et lourd, qui l'entraînait au fond d'un sommeil spongieux, gras et dense, comme imprégné d'huile.

Il s'endormit à nouveau, en plein soupir.

La troisième fois qu'il s'éveilla, Pugliese n'était plus là.

À sa place, sur la chaise longue de plastique tressé, il y avait un homme qu'il n'avait jamais vu. Maigre, les tempes dégarnies, avec une calotte de cheveux blonds, raides et très courts, qui lui descendait sur les tempes en une paire de larges rouflaquettes, comme les protections pour les joues des casques romains. Il était assis tendu en avant, les coudes sur les genoux, le visage entre ses mains jointes, ouvertes l'une contre l'autre, front sur les index et menton sur les pouces. Il avait aussi les yeux fermés mais, au moment où De Luca les ouvrit, il fit de même, comme s'il l'avait entendu. Ils étaient bleus, d'un bleu très clair.

– Où est Pugliese ? demanda De Luca.

– Là dehors, vous pouvez le voir.

Il était là, de fait, il bougeait dans l'entrebâillement de la porte. Il semblait parler avec un autre homme dont on entrevoyait seulement la silhouette, au-delà de la vitre dépolie du vantail.

L'homme aux yeux liquides se leva, s'approcha comme pour serrer la main de De Luca mais s'en abstint.

– Elvani, se présenta-t-il. Finalement, on fait connaissance, *dottore*.

– Je ne suis pas docteur, rétorqua De Luca.

– Et comment êtes-vous devenu commissaire ? Il faut bien le diplôme.

– Promotion de 28. Le recrutement des fonctionnaires de 28 faisait devenir commissaire-adjoint même sans diplôme.

– Et vous étiez sûrement si fort qu'on vous a pris tout de suite. Premier poste ?

– Brigade criminelle.

– Et de fait. Vous savez que j'étais étonné quand D'Umberto vous a embauché dans Notre Service ?

Il prononça ces derniers mots comme si c'était un nom officiel, avec les majuscules.

– D'habitude, nous ne prenons pas des gens de la Criminelle, d'habitude nos hommes viennent des équipes politiques… mais oui, bon, vous avez été dans les deux.

De Luca ferma les yeux. Quand il se réveillait, le mal à la tête ne se faisait pas sentir tout de suite, mais cette fois il était arrivé en avance.

– Je ne crois pas que vous soyez là pour parler de ma carrière, *dottor* Elvani.

– Non, en effet, *dottor*… comment dois-je vous appeler ? Ingénieur, non, commissaire non plus… De Luca, ça va ?

Elvani déplaça le siège pour s'approcher de la fenêtre, qui était juste derrière. De Luca avait cru que le store était baissé mais non, la pénombre était celle de l'après-midi finissant.

– Je voudrais vous poser une question, déclara Elvani.

– Je ne réponds qu'au commandeur D'Umberto. Mon chef, c'est lui.

– Il ne l'est plus. Le commandeur D'Umberto a eu un accident. Oh mon Dieu…

Elvani leva une main.

– Ne vous méprenez pas. Je voulais dire un accident professionnel. Il a été destiné à d'autres missions.

Il avait dit ça en imitant l'accent méridional du commandeur, le sien était vénète, légèrement chantant et avec les *r* à peine arrondis. Il bougea la main comme pour faire de l'air.

– L'affaire Montesi va bientôt prendre un mauvais tour pour la tendance politique que le commandeur servait. Il n'a pas été assez habile pour l'empêcher et tant qu'on ne le remplacera pas, le chef, c'est moi. Je vous pose ma question.

– Je vous en pose une moi, avant. C'est vous qui avez provoqué l'accident ?

– Celui du pont sur la Persicetana ? Oui. Comme aussi celui du professeur Cresca, mais ça, vous le savez déjà. Nous sommes responsables aussi de la sortie de scène du camionneur et du pharmacien, mais j'imagine que vous savez ça aussi.

– Et de Giannino.

Elvani fronça ses sourcils très clairs, puis hocha la tête.

– Ah oui, votre jeune assistant. Lui aussi.

– Et l'enfant.

– Le neveu de Cresca ? Ne soyez pas injuste, De Luca, ça a été un imprévu.

– Un imprévu, oui, dit De Luca en réprimant une moue de dégoût. Un docteur Pirro existe vraiment à San Giovanni in Persiceto ?

– Je ne sais pas, je ne crois pas. Nous savions que vous en cherchiez un et nous l'avons inventé nous pour vous faire aller sur cette route. Un appât, en somme. Le petit ami de votre assistant s'est prêté facilement au jeu, et de toute manière il n'avait pas le choix.

– Pourquoi tuer Aldino ?

De nouveau les sourcils froncés.

– Le pharmacien ? Parce qu'il avait des rapports avec les Russes, il avait servi d'intermédiaire avec le professeur qu'ils voulaient faire passer de leur côté, en vain. Puis il s'était consacré au trafic de stupéfiants avec la dame et le typographe. Giorgini falsifiait les passeports pour les Russes, il a dû passer aux ordonnances…

Elvani balaya l'air une nouvelle fois, comme pour montrer son désintérêt.

– C'est sûr, s'il avait parlé avec vous, ça aurait été un scandale plutôt gênant pour tous ceux à qui… je crois que même les Soviétiques n'ont pas été mécontents.

Elvani sourit. Il parlait très lentement, d'une voix plate mais directe. De Luca réussissait à l'entendre très bien mais il était sûr qu'au-delà de la porte pas un mot n'arrivait.

– Vous avez tué aussi Stefania Cresca ?

– Non.

– Mais l'Allemand est allé à la mansarde de la via Riva di Reno.

– Évidemment. Les Russes étaient arrivés au professeur par l'intermédiaire du pharmacien et nous voulions savoir si elle aussi était mouillée. Nous la tenions à l'œil, et elle a dû s'en apercevoir parce qu'elle est allée se planquer dans l'appartement de son mari. Hase la surveillait depuis deux jours et, quand il est monté pour vérifier qu'elle était là, il a vu la porte ouverte, mais elle était déjà morte.

– Et il a fouillé l'appartement.

– Oui, mais il n'a rien trouvé d'intéressant. Pour nous, du moins.

– Il a remarqué si quelqu'un était entré ou sorti de l'immeuble ?

– Il venait juste d'arriver, c'est pour ça qu'il est monté contrôler.

Elvani s'assit sur la chaise longue. Il croisa les jambes et joignit ses mains ouvertes, doigts contre doigts.

– Maintenant, ce serait mon tour de poser des questions. J'en avais une seule, mais je crains qu'elle soit superflue. Je voulais vous demander si vous avez découvert qui a tué la femme.

– Non. Pas encore.

– Vous ne le découvrirez plus. Ça n'intéresse personne, ça ne sert à personne. Je vous retire votre mission, De Luca. Et soyez tranquille, j'ai compris que ça a été une erreur d'essayer de vous faire sortir de scène. Ça n'arrivera plus.

De Luca aurait voulu s'asseoir dans le lit. Il se sentait mal à l'aise, ainsi couché, et ça lui faisait mal, aussi, il avait mis sa main saine derrière la nuque pour garder la tête un peu relevée, mais c'était pénible.

– Pourquoi ne dites-vous jamais les mots exacts ? “Sortir de scène”, qu'est-ce que ça signifie ? Tuer, assassiner ! Giannino et les autres, vous les avez tous tués !

– Nous les *avons* tués, dit Elvani. Mais si vous préférez comme ça, d'accord : nous les avons tous *tués*. À part Mme Cresca.

De Luca retira sa main de sous sa nuque parce que son cou était raidi par la tension. Il fixa le lustre, en s'efforçant d'y voir le visage d'Elvani mais ça ne lui suffisait pas, alors il tourna la tête de côté, bien que ça lui fît mal.

– Tête de Monstre, dit-il.
– Pardon ?
– L'Allemand, Hase… nous l'appelions Tête de Monstre.
– Ah oui, dit Elvani en souriant. Je croyais que vous parliez de moi, j'allais m'offenser. Beau surnom.
– Pourquoi Tête de Monstre ? J'ai toujours pensé que les espions, et plus encore les tueurs, devaient passer inaperçus, alors que lui… et puis Aldino pendu qui touche terre avec les pieds, le camionneur qui voltige dans l'ascenseur mais habite au premier étage… qu'est-ce que ça veut dire, il n'est pas assez bon pour faire "sortir de scène" les gens ? Pourquoi toutes ces erreurs ?
– Pour gérer l'imperfection.
– Pour gérer…
– L'imperfection. Je m'explique…
Elvani se pencha en avant, presque sur le lit de De Luca qui maintenant le voyait bien.
– Je le demande à un détective dans votre genre… d'après vous, le crime parfait existe ?
– Non.
– Je ne suis pas d'accord, rétorqua Elvani en se plaquant un doigt sur les lèvres, ressemblant plus à un professeur qu'à quoi que ce soit d'autre, quoi qu'il fût d'autre. Mais vous avez raison, De Luca, il n'est pas exact de dire que le crime parfait existe, il est plus sérieux de dire que le crime parfait n'existe plus. Plausible, explicable, compréhensible… une sortie de scène parfaite, avec tous les détails nécessaires, s'auto-élimine, comme si elle n'avait jamais existé, voilà. Mais quelquefois…
Elvani se pencha encore plus, effleurant le lit de De Luca avec les coudes :
– Quelquefois vous avez besoin de quelque chose pour vous protéger, au cas où ceux qui vous ont donné l'ordre, un ordre qui naturellement n'est écrit nulle part, devraient vous sacrifier, ou bien si vous avez besoin de

les faire chanter pour obtenir un avantage, bref. Une erreur, un détail mal choisi, une imperfection, ça peut servir.

Elvani se rejeta en arrière, s'appuyant au dossier de la chaise longue, et eut un hochement de tête satisfait.

– Oui, gérer l'imperfection.

Il avait les yeux si clairs, avec ce bleu si liquide, que les regarder mettait mal à l'aise. De Luca ne le fit qu'un instant, puis il ferma les siens. Il ne voulait plus le voir, il ne voulait plus l'entendre, il voulait dormir encore, et si profondément qu'il oublierait tout. Il releva son bras sain et se couvrit le visage, les yeux enfoncés au creux du coude.

Elvani se méprit sur son geste.

– Ça vous surprend ? Ça ne vous plaît pas ? Ça vous dégoûte ?

Quand il s'énervait, l'accent chantant vénète s'entendait davantage. Toujours cette voix basse et directe, presque plate, mais avec les *r* plus glissants.

– Ne jouez pas les vierges effarouchées, De Luca, vous êtes dedans jusqu'au cou. Et ne me faites pas la morale. Moi, je ne suis pas un cochon, un phacochère vendu comme D'Umberto, je ne sers personne, je sers une idée.

Il le sentit plus proche de lui, son haleine sèche qui lui caressait la joue.

– Oui, De Luca, une idée. Cette Italie et ce monde ne nous plaisent pas, nous n'aimons pas l'état dans lequel nous sommes sortis de la guerre mais, pour l'instant, on ne peut rien y changer. Nous pouvons seulement les gérer, avec tout ce qu'il faut pour les faire rester comme ils sont. Nous sommes les gardiens de l'ordre.

– Des chiens, murmura De Luca dans son bras. Des chiens bâtards.

– Non, répliqua Elvani. Des chiens de garde.

Et, à sa façon de faire, De Luca comprit qu'il s'était reculé et qu'il n'était plus énervé. Il retira le bras de son visage, battant des paupières pour se réhabituer à la pénombre.

– Moi, je suis un policier, dit-il, mais ce fut si bas qu'Elvani ne l'entendit pas.

Il s'était levé.

– Je vous dis au revoir, De Luca, reposez-vous et remettez-vous d'aplomb. Et croyez-moi, Notre Service n'est plus intéressé par votre sortie de scène.

Quand Pugliese rentra dans la chambre, il trouva De Luca assis sur le lit, agrippé au drap pour ne pas tomber.

– Adjudant, s'il vous plaît… aidez-moi à m'habiller.

– Vous plaisantez, commissa' ? Le docteur a dit que pendant trois ou quatre jours…

– Quand un fonctionnaire des Services responsables de la mort d'au moins quatre personnes vous dit que vous pouvez être tranquille, vous, vous faites quoi, Pugliese, vous lui faites confiance ?

Pugliese plissa le front, puis avança et ouvrit l'armoire, blanche elle aussi comme tout le reste.

– Vous avez raison. Je vous aide à vous habiller.

Claudia.

Ce n'était pas seulement parce qu'il avait peur pour lui-même que De Luca avait quitté l'hôpital avec tant de hâte. Claudia n'avait rien à voir avec cette histoire, elle n'avait aucun rapport avec les crimes, elle connaissait seulement les personnes impliquées, mais elle le connaissait lui aussi, il lui avait parlé d'un téléphone qui pouvait être écouté et Dieu sait ce qui pouvait passer par la tête d'un assassin comme Elvani.

Et que sa peur n'était pas exagérée lui fut confirmé par l'adjudant Pugliese quand il lui dit que par sécurité, avant de commencer à monter la garde à l'hôpital, il avait expédié sa femme en vacances au pays, en bas, dans le Midi.

Quand il arriva via del Traghetto dans la vieille Fiat 500 de l'adjudant et qu'il vit devant la trattoria un fourgon 1100 sur les flancs duquel était calligraphié "Orchestre Paride Canè", De Luca sentit sa tête tourner encore plus fort. Il aurait voulu sauter de la voiture pour courir à l'intérieur, mais il dut attendre de s'être repris, en marchant doucement au bras de Paride.

– On fait un joli couple, commissa', dit l'adjudant en agitant sa canne.

La trattoria était bondée et elle était si pleine de chaleur, de gens et de fumée qu'il fallut un moment à De Luca pour s'y habituer.

Mais Claudia n'était pas là. Il y avait son père, bretelles rouges, barbiche étroite sous le menton, assis sur un tabouret, un bras appuyé sur l'accordéon fermé qu'il avait en bandoulière. Il y avait les autres musiciens, éparpillés, sans les instruments, et il y avait le vieux avec ses moustaches en guidon de vélo, qui recommença à le fixer dès qu'il le vit entrer.

Mais Claudia n'était pas là.

Du menton, De Luca montra Paride Canè à Pugliese pour qu'il l'aide à arriver jusqu'à lui. Le bruit, les voix, la fumée des cigares et des cigarettes lui embrumaient l'esprit et il avait du mal à respirer, mais il était pressé de lui parler.

– Mais vous savez que je vous ai déjà vu, vous, là, dit le vieux qui l'avait suivi.

– Je suis venu ici l'autre jour, avança De Luca sans trop d'espoir, et de fait l'homme secoua la tête comme pour dire qu'il pensait à autre chose.

– Je vous connais moi aussi, dit Paride. Vous êtes un ami de Franca... qu'est-ce qu'elle m'a dit que vous êtes ? Un imprésario ?

– Entre autres, dit De Luca.

– Qu'est-ce qui vous est arrivé ?

– Un accident. De voiture. Rien de grave.

– Installez-vous, mais vous n'avez vraiment pas l'air en forme.

Paride fit un signe au vieux qui saisit une chaise et l'approcha en la tirant par le dossier. De Luca s'assit, raide, retenant son souffle. Il appuya son poignet plâtré sur un coin de table, car le garder baissé, sur son genou, lui donnait des élancements dans la main.

– Si vous êtes venu pour les grenouilles, vous tombez mal, dit le vieux. Aujourd'hui, c'est la soirée du *bafione*. Vous savez ce que c'est, non ? Le poisson-chat, nous, on le fait que c'est une merveille.

– Je suis venu pour Claudia... c'est-à-dire, Franca.

– Alors vous tombez mal aussi, rétorqua Paride. Elle ne veut pas que ça se dise, pour ne pas porter malheur, mais vous êtes du métier... elle est allée à Rome. Demain, elle a une audition chez Ricordi.

"Bien", pensa De Luca avec un soulagement qui pendant un instant lui fit tout passer, le mal de tête, les douleurs aux côtes, ce qui le rendit plus lucide et quand il le dit, "bien", il réussit à feindre de penser vraiment à l'audition pour le disque.

– Mais buvez au moins un verre de vin, votre ami et vous, comme ça on trinquera à la Franchina qui, bien sûr, n'en a pas besoin mais ça fait jamais de mal.

Pugliese remercia et s'assit à côté de De Luca, tandis que Paride se débarrassait de l'accordéon et sautait du tabouret pour s'approcher plus près.

– Elle en a tellement vu, cette gamine-là... pour moi c'est toujours une gamine, même si c'est une femme adulte, mais on sait bien, les pères, hein ? Sur certains trucs, moi, je me suis toujours, comment dire, un peu opposé, mais ce n'est pas que... oh, mon Dieu, ces fils à papa du jazz ne m'ont jamais plu et, si ça ne tenait qu'à moi, je les tiendrais toujours loin, parce que je sais que quand elle est avec nous, personne ne la touche, dans le sens que personne ne peut lui faire du mal, à la Franchina, et je le lui dis précisément, monsieur... ?

– Morandi, articula De Luca.

Normalement, il aurait eu hâte de terminer la conversation et de s'en aller, mais ça lui faisait plaisir d'entendre parler de Claudia.

– Voilà. Mais, à y repenser maintenant, je regrette de l'avoir retenue comme ça, ma gamine, je veux dire…

Il avait les yeux humides.

– Elle en a tant vu depuis que sa maman est morte, quand elle était vraiment une enfant, pas comme maintenant que c'est une grande fille, en somme, elle en a tellement vu, *boja d'un monde leder**, si enfin son moment est venu, elle se le mérite vraiment, notre Franchina. J'ai pas raison, Moustache ?

Il abattit son poing sur la table, tourné vers le vieux moustachu qui avait apporté trois verres en les tenant par les doigts à l'intérieur et un demi-litre de vin rouge. On voyait qu'il l'avait fait pour ne pas craquer devant tout le monde et, en effet, la voix lui vint un peu rauque.

– Raison de quoi ? dit le vieux en versant le vin dans les verres.

– Écoutez, dit De Luca, j'imagine qu'elle va bientôt appeler… voilà, quand elle le fera, vous pouvez lui dire de me téléphoner ? C'est important.

Il allait donner le numéro de la pension, mais Pugliese l'arrêta et dit celui de chez lui.

– Et même… si vous pouviez me dire où je peux la joindre, moi…

M. Paride lui mit une main sur le poignet plâtré, doucement, sans la secouer comme il l'aurait voulu. Il sourit, malin.

– Je sais bien pourquoi vous êtes si pressé, dit-il. Vous avez peur qu'à Rome ils lui fassent tout de suite

* Expression typiquement bolonaise : "*boia d'un mondo ladro*", littéralement "bourreau (en fait équivalent de 'saleté de') d'un monde voleur".

le contrat et adieu ! Attention qu'après, Franchina ne va pas partir pour trois sous, comme nous autres les petits.

Il rit et prit le verre pour le cogner fort contre les autres sur la table.

– À la Franchina, bon sang de bonsoir ! Qu'elle l'étende raide, le *dottor* Pirro, allez, maintenant !

M. Paride vida son verre cul sec. Pugliese leva le sien. De Luca resta immobile.

– Qui ? demanda-t-il, dans un souffle.

– Qui ? répéta M. Paride.

– Vous avez dit un *dottore*... le *dottor* Pirro...

De Luca avait les lèvres sèches et il ne réussissait presque pas à parler.

– Le *dottor* Pirro... qui est-ce ?

– L'employé de la maison de disques qui doit lui faire passer une audition. C'est lui qui décide. Mais vous ne trinquez pas avec nous ? Ne me donnez pas une mauvaise impression, monsieur Morandi, vous voulez sûrement pas lui porter malheur.

– Non, dit De Luca, et il répéta "non, non", parce qu'il ne savait plus quoi dire.

Il cogna son verre contre celui de M. Paride et le vida rapidement. Pugliese le fixait sans comprendre.

– Prenez un autre verre et un beau *bafione* grillé, que ça va vous faire du bien, suggéra Paride, et il se leva pour prendre l'accordéon.

À cet instant, le vieux avec les moustaches en guidon de vélo posa une main sur l'épaule de De Luca. Il le fit lourdement, serrant ses doigts comme des griffes dans l'étoffe du pardessus.

– Maintenant je sais qui t'es, grogna-t-il entre ses dents. T'es un flic. T'es un commissaire, y avait ta photo dans le journal, y a quelques années. Tu t'appelles De Luca.

– Allons-nous-en, lui murmura Pugliese à l'oreille. Allons-nous-en, insista-t-il plus fort, puis il le prit sous l'aisselle et le releva. Commissa', allons-nous-en !

Et De Luca était si abasourdi, si perdu, qu'il ne fit attention ni à ses côtes qui lui brûlaient ni à sa tête qui semblait sur le point d'exploser et il le suivit.

Cette nuit-là, chez Pugliese, il ne dormit pas une minute. Et pas seulement parce que le brigadier avait clos portes et fenêtres et gardé son pistolet sur la table de nuit.

De Luca passa la nuit assis sur le sol de la salle à manger, le dos contre un pied du canapé, avec toutes les photographies et les documents de son affaire éparpillés autour comme les pétales d'une fleur. Autopsie, notes des interrogatoires, photographies d'un corps nu, traces de sang et empreintes de pieds nus.

Le coin arraché de l'enveloppe, avec ces lettres, DOTT. Le ruban de la machine à écrire, DOTT. PIRRO ORES.

Il était content que Pugliese ait sauvé son dossier, même si "content" n'était pas le terme le plus adapté, vu ce qu'il ressentait.

Il l'éprouvait très fort, cet ensemble d'angoisse, de colère et de peur, mais cette fois il savait précisément d'où ça venait. S'y ajoutait aussi un sentiment de honte, purement professionnel, de ne pas y avoir pensé avant.

Il y avait quelque chose qu'il devait faire.

Une confirmation qu'il pouvait obtenir.

Plus un indice, une preuve : oui ou non.

Il voulut regarder sa montre mais elle s'était cassée dans l'accident et, de toute manière, au poignet gauche il avait un plâtre. Les fenêtres de la salle à manger étaient fermées mais, entre les volets, on voyait que dehors régnait l'obscurité. Encore l'obscurité de la nuit, pas celle du matin qui pointe.

De Luca soupira, il laissa lentement aller sa tête en arrière jusqu'à rencontrer le coussin du divan contre sa nuque et il ferma les yeux.

Il était très fatigué. Complètement épuisé.

Mais il ne dormit pas.

Mercredi 6 janvier 1954

Quand le garçon arriva avec les clés du cadenas du rideau de fer, De Luca et Pugliese étaient déjà là, appuyés au mur à côté de la boutique. Ensommeillés, silencieux, impatients, ils avaient tellement l'air de flics que le garçon demanda s'il s'était passé quelque chose.

De Luca lui expliqua ce qu'il voulait et le garçon lui dit que, pour ça, il devait attendre le patron, que lui n'était pas assez qualifié pour ce genre de choses. Si, en attendant, ils voulaient bien entrer…

Le patron arriva une demi-heure plus tard. Il écouta la demande les sourcils froncés et aurait refusé si De Luca n'avait pas nommé Giannino. C'était un bon client, ce garçon, si sympathique, il lui avait fait une paire de chaussures et aussi des bottes sur mesure. Donc, bon d'accord, c'était un peu bizarre mais ça pouvait se faire.

Ils le suivirent dans l'atelier et restèrent avec lui tout le temps. De Luca était sur lui comme un vautour pendant qu'il prenait une règle et un pied millimétré, puis il croisa le regard de Pugliese, surpris et critique, et il pensa qu'en effet il ne se comportait pas en professionnel, plus maintenant.

Alors il recula, s'appuya le dos au mur et, pour autant qu'il pût, croisa les bras sur sa poitrine, enfonçant le menton dans le col de l'imperméable, attentif mais aussi détaché que possible, comme il l'avait toujours été, autrefois, quand il était encore policier.

– Seigneur, Pugliese… je suis vraiment un couillon.

Immobile devant la boutique de chaussures sur mesure Roveri, De Luca roula en boule la feuille que le patron lui avait donnée et la jeta à terre. Il la regarda rouler sur les pavés de la rue, serrant les dents de rage, puis il eut un mouvement pour la ramasser mais Pugliese l'arrêta, la prit lui, en se baissant avec raideur.

– Ne parlez pas comme ça, commissa'.

Pugliese aplatit le papier froissé et le plia en quatre. Dessus, écrites avec le gros crayon de dessinateur avec lequel on dessinait les empeignes, se trouvaient les mesures tirées de la photographie de la plante de pied ensanglantée imprimée sous la table de la machine à écrire, assez complète et nette pour pouvoir quasiment fabriquer des chaussures sur mesure.

C'était un 36.

Stefania Cresca portait du 39.

– Non, adjudant, non. Je suis un couillon, et il le répéta, juste avec les lèvres, encore et encore, couillon, couillon, couillon…

Il aurait dû y penser avant, bien avant.

Avant que le nom du *dottor* Pirro de chez Ricordi ne fasse le lien entre Claudia et le lieu du crime.

Avant encore que cette photographie lui fasse éprouver toutes ces sensations, qui ne le concernaient pas lui, ou lui et Claudia, mais la plante des pieds sales des repiqueuses de riz.

Parce qu'il aurait dû y penser avant, bien avant, qu'il pouvait y avoir une autre femme pieds nus, ce jour-là, dans cette mansarde.

Il était déjà tard quand Claudia arriva à la gare, fatiguée et pétrifiée par le froid. Elle descendit du train et traîna sa valise alourdie de cadeaux des cousins de Rome dans les escaliers, en descendant puis en remontant.

De Luca l'attendait dans le hall et, quand ils se virent, ils firent tous deux la même chose, d'abord ils sourirent, parce qu'ils s'étaient reconnus, puis ils s'assombrirent, mais pour des raisons différentes.

– Qu'est-ce que tu veux ? lui dit-elle d'une voix dure, en serrant la poignée de sa valise pour empêcher De Luca de la lui prendre. J'ai de quoi me payer le taxi, merci, je rentre chez moi.

De Luca n'avait aucune intention de lui prendre la valise et il ne bougea pas.

– Il faut qu'on parle, dit-il.

– Et de quoi ? De comment tu te sentais bien en chemise noire ? Tu n'as pas eu de chance, Moustache collectionne *L'Unità* depuis l'époque où elle était encore clandestine, sinon peut-être que tu t'en serais sorti.

– Il faut qu'on parle, répéta De Luca.

– Moi, je ne parle pas avec les fascistes assassins.

Claudia fit un pas en avant mais De Luca lui barra la route, décidé.

– Bon, d'accord, dit-il, je suis un assassin. Et toi ?

Claudia leva les yeux sur lui et comprit immédiatement, sans qu'il soit besoin d'ajouter autre chose, qu'à présent il savait tout.

Ce soir-là, elle devait aller chanter avec l'Alma Mater.

Ça faisait un moment qu'Aldino ne l'appelait plus et elle l'attendait avec anxiété, parce que quand elle chantait le blues ou les standards de jazz, il lui semblait que Mario était encore là, à l'écouter. Il lui manquait.

L'après-midi, en plus, elle s'était disputée avec Paride. Les raisons habituelles, parce que perdre son temps avec des débauchés, tu vois bien qu'ils ne veulent pas de toi, ils t'appellent seulement quand ça les arrange, parce que tu as la peau sombre et qu'une brunette ça fait vendre.

Brunette, disait Paride, pas négrillonne ou Facetta Nera, mais certaines fois ça la mettait autant en fureur.

Alors, tandis qu'elle marchait au milieu de cette tempête, avec le vent trempé qui lui arrivait dessus et ses pieds qui s'enfonçaient dans la neige, elle pensait à elle, ballottée entre l'Orchestre Paride Canè et l'Alma Mater Dixie Jazz Band, ni chèvre ni choux, comme toujours, mais surtout pas elle.

C'était alors qu'elle s'était rappelé la recommandation pour l'audition qu'elle avait demandée à Mario. Ça lui était arrivé d'autres fois auparavant mais elle avait toujours refoulé cette pensée parce que ça ne lui plaisait pas, ça ne lui semblait pas bien de ne penser à Mario que parce qu'elle en avait besoin.

Mais elle était justement dans le coin, justement à ce moment et avec ces pensées, Paride et Aldino, brunette et négrillonne, le bal et le jazz, *Bella Ciao* et *Stormy Weather*, d'accord, mais jamais comme elle voulait, jamais qui elle était.

La veille de sa mort, Mario lui avait dit qu'il l'avait écrite, la recommandation, le *dottor* Pirro de chez Ricordi était un ami d'enfance, ils jouaient ensemble au ballon quand ils étaient petits, ils avaient fait une partie de leurs études supérieures ensemble, avant que l'autre abandonne la physique pour le droit et en tout cas, s'il avait mis dans sa lettre la moitié de l'enthousiasme qu'il ressentait en l'écoutant chanter, il la lui ferait avoir à tous les coups, son audition, lui avait-il dit. Et il avait ajouté que, si elle y mettait seulement la moitié de son talent, elle l'emporterait sûrement.

La moitié, tu parles. Claudia voulait s'y mettre à fond. Mais elle avait besoin de cette recommandation. Mario avait oublié de l'envoyer, mais elle était dans la mansarde, il le lui avait assuré, dès qu'il y repasserait, il la prendrait et l'expédierait, qu'elle se tranquillise.

Alors, elle avait pris la via Riva di Reno, avait traversé la passerelle, était entrée dans l'immeuble et était arrivée en haut de l'escalier. Elle avait encore les clés, elle les gardait dans la poche de son manteau comme une espèce de talisman et, de toute manière, personne ne lui avait demandé de les rendre.

L'émotion de se retrouver à l'intérieur était si forte qu'elle n'avait rien remarqué, ni la chaleur du poêle ni les disques cassés, il y avait une paire de chaussures de femme près de l'armoire mais elle ne les avait pas vues non plus. Elle avait eu la gorge nouée. Pas envie de pleurer, juste une boule de nostalgie et de tristesse.

Elle avait les pieds mouillés. Transis de froid. Elle avait retiré ses chaussures et ses bas, et s'était assise sur le lit, les genoux serrés entre les bras. Puis elle avait ôté le manteau trempé et s'était étendue sur le dos, bras ouverts, à regarder le plafond et à penser à Mario.

Quand elle avait entendu quelqu'un bouger dans l'eau de la baignoire, il était trop tard. Elle avait eu à peine le temps de se relever et elle s'était retrouvée devant Stefania enveloppée dans le peignoir de son mari.

Elle ne savait pas qu'elle était là.

Ce qui s'était passé ensuite, elle s'en souvenait très bien, minute par minute, chaque mot et chaque geste, même si toutes les fois que ça lui était revenu à l'esprit, ces jours derniers, elle l'avait refoulé, le repoussant bien au fond, le plus profondément possible.

Stefania qui hurle, qui l'insulte, qui la traite de négresse et de sale négresse, mais ce n'était pas à cause de ça.

Qui lui rit au nez, hystérique, lui dit que Mario ne la gardait que pour baiser, qu'elle l'avait vue, cette lettre ridicule pour Pirro, elle le connaissait elle aussi et, de fait, elle l'avait déchirée, elle était là au milieu de tous ces disques idiots de jazz qu'elle détestait. Mais ça n'avait peut-être pas été non plus à cause de ça.

À un moment, Stefania lui avait même craché au visage. Est-ce que c'était pour ça ? Elle ne le savait pas.

Mais Claudia avait pris le combiné du téléphone qui se trouvait sur la table basse et l'avait cogné sur la tête de Stefania, et pas rien qu'une fois. Elle avait continué à frapper au milieu des giclées de sang et Stefania s'était agrippée à elle, pour ne pas tomber, si surprise et abrutie de coups qu'elle n'arrivait même pas à se protéger le visage avec les mains.

Elle avait cessé de la frapper et lui avait entouré le cou avec le fil du téléphone. Elle avait serré de toutes ses forces, elle voulait l'étrangler mais elle n'y arrivait pas parce que Stefania était forte, elle lui avait pris les cheveux, elle tirait et lui faisait mal.

Dans un moment de lucidité, Claudia s'était arrêtée, haletante, les yeux exorbités, et Stefania s'était libérée du câble.

Elle toussait, crachait du sang.

Puis Stefania s'était enfuie vers la salle de bains, au hasard ou parce qu'elle lui barrait le passage de la sortie de la mansarde et Claudia avait tendu la main pour l'arrêter, ne parvenant qu'à lui arracher le peignoir, elle avait couru derrière elle, s'était jetée sur la porte pour l'empêcher de la fermer et Stefania avait reculé vers la baignoire.

Alors, elle l'avait poussée et, quand Stefania avait glissé sur le carrelage mouillé, entraînant dans sa chute le rideau auquel elle s'était accrochée, et qu'elle était tombée contre le rebord de la baignoire, elle lui avait appuyé les mains sur la tête pour la maintenir baissée, et puis lui avait serré le cou, par-derrière, un genou en travers sur le dos, les pieds nus et trempés de Stefania glissant sur le sol et donnant des coups de talon et ceux de Claudia bien plantés, comme des clous.

La seule chose qu'elle ne se rappelait pas, c'était combien de temps elle était restée immobile sur le seuil de la salle de bains, pour se reprendre, après. Moins que ce à quoi elle s'attendait, en tout cas.

Elle avait repensé à la lettre, celle qu'elle était venue chercher. Quatre morceaux déchirés, au milieu des disques, dans l'enveloppe avec en haut "À l'attention du dott. Pirro Oreste, c/o Edizioni Musicale Ricordi, Rome" écrit à la main. Elle l'avait lue et oui, c'était vrai, même ainsi, bouleversée comme elle était, dans cette situation absurde, elle y avait perçu un enthousiasme qui l'avait émue. Alors, elle avait relevé la chaise qu'elles avaient renversée durant la bagarre et elle s'était assise à la table. Elle avait ouvert le tiroir pour prendre une autre enveloppe avec une feuille de papier à en-tête. Elle avait glissé l'enveloppe devant le rouleau, tant bien que mal, car ce n'était pas pratique, mais ses doigts tremblaient de l'effort d'avoir serré et elle ne réussirait pas à écrire à la main. Elle avait tapé l'adresse, puis s'était aperçue qu'elle utilisait le rouge et Dieu sait pourquoi, ça ne lui parut pas convenir. Elle n'était pas très lucide.

Alors, elle avait arraché l'enveloppe et l'avait jetée dans la corbeille à papier. Elle avait recommencé depuis le début. Adresse sur l'enveloppe et texte de la lettre sur le papier à en-tête, tapant fort avec les index.

Quand elle avait fini, elle avait repris tous les bouts de papier, son enveloppe et la feuille de Mario, et c'était en mettant son manteau qu'elle avait remarqué les taches de sang sur sa robe. Celles sur le visage et les mains, elle pourrait se les laver, mais celles sur l'étoffe, il ne lui semblait pas évident de pouvoir les cacher. Elle n'était pas très lucide.

Elle n'avait pas le temps de rentrer chez elle, jusqu'aux carrières, pour se changer, on l'attendait pour chanter. Alors, elle avait mis les vêtements de Stefania. Les siens, elle les avait enveloppés dans du papier journal.

Puis, elle avait remis ses bas et ses chaussures, et elle était partie.

Quant au fait qu'elle avait laissé l'empreinte de ses pieds sous la table, pendant qu'elle tapait à la machine, l'empreinte ensanglantée de ses pieds nus, elle ne s'en était pas aperçue.

– Mais pourquoi s'attarder à taper à la machine ? lui demanda De Luca. Après… après avoir tué quelqu'un !

Il était assis sur le siège du passager à l'avant de la voiture de Pugliese, coincé entre le dossier et la portière, et ses côtes auraient dû lui faire un mal de chien, dans cette position, mais il ne s'en apercevait pas. Le brigadier et lui regardaient Claudia, assise à l'arrière. Elle avait retiré ses chaussures et remonté ses pieds, étreignant ses genoux, et malgré la précision du récit, elle avait parlé lentement, d'une voix un peu incertaine, parce que ses lèvres tremblaient et qu'elle semblait sur le point de fondre en larmes. Comme une petite fille.

– Parce que j'en ai pas, de machine à écrire, dit-elle. La signature de Mario, je sais l'imiter, mais toute son écriture, non. À ce moment-là, j'ai pensé qu'il me fallait une machine comme celle-là et je ne savais pas où en trouver. Je n'étais pas très lucide.

Elle tendit les bras, présentant ses poignets dans un geste tellement infantile que, courbée comme elle l'était sous le manteau, elle ressemblait vraiment à ça, une petite fille.

– Moi, je suis à la retraite, dit Pugliese, en écartant les bras.

– Moi, je n'en ai même pas, des menottes, dit De Luca. Et si je t'emmenais à la police pour te faire arrêter, je parie que d'ici deux jours on te retrouverait pendue aux barreaux et que nous deux, ajouta-t-il, on finirait au fond d'un canal ou écrasés contre un platane quelques jours plus tard.

De Luca lui serra les mains qu'elle gardait nouées devant ses jambes, la partie d'elle la plus près qu'il puisse toucher, parce que Claudia avait levé sur lui un regard effrayé. Mais il la lâcha tout de suite.

– Et puis, murmura-t-il, dans cette histoire il y a eu tellement de morts si absurdes qu'une de plus ou de moins…

Il déglutit, s'interrompant, et se tourna vers Pugliese. Il le regarda un moment, comme pour réaliser, et puis secoua la tête, avec un sourire si amer qu'il en eut presque les larmes aux yeux.

– Seigneur, adjudant… je ne croyais pas sortir ça un jour !

Pendant tout le trajet de la place de la gare à la via del Traghetto, Claudia n'avait pas pleuré, ni sangloté, ni reniflé.

Elle avait gardé le silence, avec un visage de pierre que De Luca, après un premier coup d'œil, n'avait plus eu le courage de regarder.

Immobile, jusqu'à ce qu'ils arrivent devant l'entrée de la trattoria. Alors, elle avait remis ses chaussures et était descendue de la voiture, sans dire au revoir, sans un mot.

De Luca la suivit du regard tant que ce fut possible, petite, droite, dure, inclinée sur le côté pour contrebalancer le poids de la valise à son bras.

Il se demanda s'il la reverrait jamais. S'il la reverrait comme autrefois.

– C'est dommage qu'on vous ait reconnu, commissa', dit Pugliese. Je me serais volontiers tapé un plat de grenouilles. Mais aussi de poisson-chat, avec cette odeur de grillade. Comment c'est qu'on l'appelle, ici ?

– Vous pouvez y aller seul, Pugliese.

– Je plaisantais, commissa'. Même si je n'aurai plus l'occasion. Vous êtes sûr que ce que nous avons fait ces derniers jours sert à quelque chose ?

– Non, répondit De Luca.

– Non, vous n'êtes pas sûr, ou non, ça ne nous servira pas à rester vivants ?

– Non, je n'en suis pas sûr. Vous vous rappelez la première fois que nous nous sommes rencontrés, Pugliese ? Cette fois-là aussi, c'était une affaire difficile et on courait le risque de se faire tuer. Et pourtant on est là tous les deux.

– Qu'est-ce que vous voulez, commissa', j'en ai tellement vu tout seul aussi, le fascisme, la guerre, tout l'après, et je m'en suis toujours bien sorti. Mais, ajouta-t-il en se touchant la jambe de l'index et du petit doigt levés, après vous avoir conduit à la gare, moi je reviens ici me manger des grenouilles. Comment c'est qu'ils les font que c'est une merveille ? Frites ou en sauce ?

– Je ne sais pas, adjudant, je n'ai pas compris.

Durant tout le voyage de la gare de Bologne à celle de Rome, De Luca dormit comme une masse.

Bien qu'il n'ait pas réussi à réserver une couchette, malgré l'odeur d'étoffe froide du siège de seconde classe, malgré le roulement métallique sur les rails, en dépit de tout ce qui s'était passé, en dépit de Claudia et en dépit d'Elvani, dès qu'il posa la tête contre la vitre de la fenêtre glacée, il lui vint un sommeil si lourd qu'il ne réussit plus à bouger, même pour se mettre plus à l'aise.

Il avait un fourmillement pénible au bout des doigts de la main serrée dans le plâtre, ses côtes gênaient sa respiration, la tête ne lui tournait plus mais palpitait d'une douleur sourde, de caoutchouc rembourré. Il y avait aussi un monsieur qui parla sans relâche avec un autre, et d'une voix croassante, de celles qui vous raclent les oreilles. Et aussi une dame qui se levait sans cesse pour vérifier une valise qu'elle avait posée dans le filet et dont émanait une odeur de fromage qui lui faisait gargouiller l'estomac.

Il s'endormit quand même et si profondément que seul le contrôleur le réveilla et alors il en profita pour changer de position et replonger immédiatement dans le sommeil.

Il le savait, pourquoi il dormait ainsi, comme un bébé.

Il en eut honte même, pendant un moment, un moment seulement, avant de glisser dans la torpeur qui l'engloutissait.

Il dormait de soulagement.

Il avait résolu son affaire.

Jeudi 7 janvier 1954

Le train avait son terminus à Rome, sinon De Luca se serait peut-être retrouvé à Naples. Il descendit, ankylosé et vacillant, alla se rafraîchir dans les toilettes de la gare, se recoiffa avec les doigts de la main libre et arrangea sa cravate. Pour les cernes et la barbe de plusieurs jours, il n'y avait rien à faire.

Ensuite, il prit un café, chercha un taxi et se fit conduire via Arenula au siège de la société d'import-export Belsole, où il se présenta à un concierge au nez cassé de boxeur et demanda le *dottor* Elvani.

– Vous avez l'air d'un fantôme, De Luca.

– C'est ce que je suis, *dottore.*

– Allons, je vous l'ai déjà dit : Notre Service n'est plus intéressé à vous faire sortir de scène. Ni vous, ni ce policier de la Routière qui était avec vous ces derniers jours.

– Je ne vous ai jamais cru, *dottore*, et la précision avec laquelle vous parlez de mon ami me le confirme.

– Comme vous voulez, De Luca. Et, en tout cas, je n'y peux rien. Vous avez dormi, dans le train ?

– Oui. Comme un nouveau-né.

– Ça me fait plaisir. Et qu'est-ce qui vous amène à moi avec tant de hâte ?

– Je voulais vous dire que j'ai découvert qui a tué Stefania Cresca.

– Et moi, je vous ai dit que ça ne nous intéressait plus. Mais vu que vous avez pris la peine de courir jusqu'ici, je vous écoute. Qui l'a tuée ?

– L'Allemand, Hans Helmut Hase. Tête de Monstre.

Silence.

– Vous savez que ce n'est pas vrai, De Luca.

– Je le sais, *dottore*. Mais il y a le témoignage d'un enfant qui a vu Tête de Monstre quitter les lieux du crime à l'heure du meurtre. En réalité, il l'a vu après, mais nous avons arrangé la déposition. Témoignage recueilli avant-hier par un fonctionnaire des Mœurs qui enquêtait sur un éventuel usage de la mansarde illicite ou du moins contraire à la pudeur.

– Quelle bêtise, De Luca. Faites comme si ce procès-verbal avait déjà disparu.

– Faites-le vous, *dottore*, parce que, en effet, il a disparu. C'est moi qui l'ai. Et pas seulement. J'ai quelques cheveux de Tête de Monstre imprégnés du sang de Mme Cresca. Je les ai récupérés sur mon manteau et il y a encore des taches dans la mansarde, ça n'a pas été facile de les traiter comme il fallait, mais entre Pugliese et moi, nous avons pas mal d'expérience, en fait de meurtres. Ou de sorties de scène, si vous préférez.

– De Luca qu'est-ce que vous croyez…

– Attendez, *dottore*. Nous avons aussi un autre témoignage qui décrit Tête de Monstre en train de provoquer l'accident qui a tué Mario Cresca. Témoignage recueilli toujours avant-hier par un fonctionnaire de la Routière dans le cadre d'un supplément d'enquête et celui-là aussi a disparu des actes et se trouve en ma possession.

– De Luca, je pense…

– Dernier témoignage recueilli par le collègue… l'ex-collègue D'Orrico, sur la base d'un renseignement. Personne n'a pris la peine d'enquêter sur la mort du camionneur, vu que ça paraissait un accident, mais il y a les locataires de l'avant-dernier étage qui l'ont entendu crier avant d'être précipité en bas et, entre autres choses, il a crié "Monstre" ou quelque chose de ce genre. Voilà, ce témoignage est encore dans le dossier mais j'ai la copie de celui que M. et Mme Balla m'ont donné à moi avant. Ça n'a pas de valeur juridique, mais…

– Ça suffit, De Luca.

– Laissez-moi terminer, *dottore*. Alors, nous avons un de vos hommes qui tue le professeur Mario Cresca et qui est directement lié aux meurtres du camionneur et de Mme Stefania. Vous voyez, c'est ce que vous disiez vous, vous vous souvenez ? L'imperfection gérable. Voilà, s'ils sont bien gérés, tous ces détails qui ne collent pas transforment un crime imparfait en une enquête parfaite.

– De Luca, qu'est-ce que vous croyez faire ? Vous croyez me faire inculper ? M'envoyer en taule ? Vraiment, vous croyez ça ?

– Pas une seconde, *dottore*.

– Et alors ?

– Je vous pose une question : votre père a fait la guerre ? Pas la dernière, celle de 1915-1918.

– Oui, bien sûr.

– Voilà, le mien, non. Exempté, il travaillait dans un secteur stratégique, il faisait les détonateurs des bombes. C'est peut-être la raison pour laquelle il en était obsédé. Il me farcissait la tête avec, quand j'étais enfant, c'est peut-être pour ça qu'à la fin j'ai fait policier plutôt que militaire, comme il l'aurait voulu. En tout cas, mon père disait que la guerre a été gagnée par les chars d'assaut anglais.

– Vous êtes soûl, De Luca ?

– Je n'ai pris qu'un café, *dottore*.

– Alors, ça doit être un accès d'hypoglycémie. Qu'est-ce que ça vient faire, les chars d'assaut ?

– Je vous explique, *dottore*. Probablement ce n'est pas comme dit mon père, je ne sais pas, je ne m'y entends pas bien, mais il n'avait pas entièrement tort. Les chars n'ont pas gagné la guerre seuls, mais dans une situation d'équilibre des forces, comme il disait, ils ont fait la différence.

Silence.

– Je vois que vous comprenez, *dottore*. Dans votre rapide et certainement brillante carrière, surtout maintenant que vos parrains politiques vont arriver au pouvoir, vous allez vous faire beaucoup d'ennemis. Vous saurez certainement leur résister mais, à un moment, mon enquête jetée sur le plateau de la balance pourrait faire la différence.

Silence.

– Qu'est-ce que vous voulez, De Luca ?

– Je veux que nous restions vivants, mon adjudant, moi et tous ceux qui ont été impliqués dans cette histoire. Vous avez dit que vous vous contrefichiez désormais de cette affaire et que vous n'étiez pas intéressé par d'éventuelles sorties de scène. Tenez parole. Autrement, il y a quelqu'un en mesure de faire sortir mon enquête au bon moment. N'essayez pas de le trouver, en plus de vingt ans de police, j'ai connu des gens inimaginables.

– D'accord.

– Attendez, *dottore*. Ce n'est pas tout. Je veux revenir à la Criminelle. Je veux recommencer à être un policier, un commissaire, et pas un ingénieur qui change de métier selon les nécessités du moment. Je ne suis pas l'ingénieur Morandi, je suis le commissaire De Luca.

– Négocions. Pour les sorties de scènes, pas de problème, je ferai comme vous dites. Mais pour le reste… je suis impressionné, De Luca. Vous avez appris si vite… cette variante de l'imperfection gérable est digne d'un manuel, nous l'enseignerons dans les cours de formation continue, vous l'enseignerez vous ! Comment pouvons-nous nous priver d'un talent pareil, De Luca, vous avez une carrière devant vous !

Silence.

– Moi, je ne suis pas un chien bâtard. Je suis un chien de chasse. Je suis un policier.

– Foutaises. Vous faites partie de notre monde, désormais. Avec tout ce que vous avez fait, avec tout ce que vous savez, vous croyez vraiment qu'on va vous laisser partir ?

– Négocions.

Samedi 24 juillet 1954

– Elle a fait un très beau disque… dommage que ce soit en italien, quand elle chante les standards, c'est beaucoup mieux.

– Et pourquoi elle ne l'a pas fait en anglais ?

– Parce qu'elle est italienne, et les Italiens en général, ils chantent en italien, non ? Bon, elle est un peu brune de peau, mais à part ça elle est d'ici, de Bologne.

– Ben, ça s'entend un peu.

Elle, c'était une blonde en robe à fleurs découvrant ses épaules moites, très blanches et couvertes de taches de rousseur. Elle avait à la main un éventail, fermé même si par cette étouffante chaleur estivale elle aurait voulu l'agiter très fort, mais lui, il lui avait dit que ça le gênait. Penché en avant sur sa chaise, sa veste sur les genoux, il tendait le cou pour voir quelque chose, depuis ce point lointain où ils étaient, car le parc de l'Esedra était plein, on avait ajouté des tables jusque sous les palmiers.

Claudia chantait, les yeux fermés, sous un projecteur tout à elle. Elle avait une robe noire, courte, moulante et décolletée, et ainsi, les cheveux en chignon sur la nuque, elle paraissait plus grande, moins enfantine.

Pieds nus, ses chaussures à talons jetées dans un coin de l'estrade, devant la batterie, elle soufflait sa chanson au microphone, le cou tendu en avant, les mains effleurant à peine la perche, sur la pointe des pieds. Les autres musiciens la suivaient, lente et intense et si déchirante.

– Qu'est-ce qu'elle chante ? demanda-t-elle.

– *Stormy Weather*, dit De Luca.

Il était assis à la table d'à côté, seul lui aussi, la veste sur les genoux et la cravate desserrée. Il aurait bien pu garder le silence, mais c'était la première fois qu'il la voyait, Claudia, après trop longtemps, et il sentait en lui un nœud se serrer si fort qu'il devait faire quelque chose. Il se serait volontiers levé pour aller sous les palmiers, se rapprocher, mais il avait peur qu'elle le remarque, si elle ouvrait les yeux, parce qu'elle avait le visage tourné vers lui.

Alors, il resta immobile, avec ce nœud qui serrait, toujours plus fort.

– Excusez-moi, monsieur…

Il y avait un serveur en smoking blanc, la main levée sur son épaule, comme pour la tapoter discrètement.

– Excusez-moi, mais cette table est réservée…

De Luca leva la tête. Il vit aussi un couple, non loin, qui lui lançait un regard noir.

– Tout est plein, même les tables reculées comme celle-là… vous savez, ce soir, il y a Claudia Canè, vous connaissez, n'est-ce pas ?

– Oui, dit De Luca en se levant, je la connais.

– Si vous aviez réservé…

– Peu importe, je suis de passage à Bologne, j'ai vu l'affiche et je me suis glissé à l'intérieur. Excusez-moi…

– Elle va chanter toute la semaine, si vous voulez revenir… faisons comme ça, laissez-moi votre nom, je vous mets sur la liste, et il suffira que vous passiez un coup de fil. Comment vous vous appelez ?

– Morandi, dit De Luca en s'éloignant. Ingénieur Morandi. Mais peu importe.

Cet ouvrage a été composé par
Atlant'Communication
au Bernard (Vendée)

ACHEVÉ D'IMPRIMER SUR ROTO-PAGE
PAR L'IMPRIMERIE FLOCH À MAYENNE
EN JANVIER 2021

N° d'édition : 0756001 – N° d'impression : 97454
Dépôt légal : février 2021

Imprimé en France